고구려, 대륙을 먹다 20권

초판1쇄 펴냄 | 2022년 12월 08일

지은이 | 다물
발행인 | 성열관

펴낸곳 | 어울림 출판사
출판등록 / 2009년 1월 23일 제 2015-000062호
주소 / 경기도 고양시 일산동구 무궁화로 43-55, 801호 (장항동, 성우사카르타워)
TEL / 031-919-0122
FAX / 031-919-0127
E-mail / 5ullim@hanmail.net

ⓒ2022 다물
값 9,000원

ISBN 978-89-992-8134-1 (04810)
ISBN 978-89-992-7467-1 (SET)

목차

필독

본 소설은 허구입니다. 실제적 역사나 사실과 다를 수 있습니다.

동맹회의가 열리다

기한이 지난 다음 날이었다.

편전에서 오성과 연개소문과 양만춘이 모였다.

외교부사인 김인문도 함께 했다.

상석에 해정이 앉은 가운데, 당 조정의 부답한 사실을 보고 받았다.

함께 오성의 보고를 들은 연개소문이 입꼬리를 올리면서 말했다.

"예상했던 대로군요. 태후나 당 대신들 입장에서는 곧이 곧대로 받을 수 없으니까 말입니다."

"무엇을 해도 오답일 겁니다. 하지만 이미 벌인 일을 물릴 수도 없습니다. 고려의 물산이 당나라에서 인기를 끌고 있어서……."

"우리 것을 자기들 것이라 주장하지 않으면 당나라 것이 새어나갈 판이지요. 무엇보다 우리 화폐를 당나라 상인들이 원하고 있으니까 말입니다. 전에 우의정이 말한 대로 화폐를 통한 패권을 취했습니다."

정세를 판단하면서 말했다.

그리고 당 태후 입장에서 결코 고려의 요구를 들어줄 수 없는 상황이라는 것을 알았다.

그녀의 권력이 누군가의 피로써 취해진 것을 알고 있었다.

때문에 어떤 실수도 용납이 되어서는 안 됐다.

벌어진 일을 되돌리려는 것 자체가 실책을 인정하는 일이었다.

그것 외에 부담한 이유가 달리 있었다.

"우리를 쫓아오려는 이유도 있겠지."

양만춘이 오성에게 물었고 오성이 고개를 끄덕이면서 대답했다.

"예. 어르신. 교역로를 열어야 나라 밖의 지식을 접할 수 있는데, 지금 상황에서는 당나라의 물산이 빠져나가는 것도 적지 않습니다."

"그래서 베끼는 것이겠지."

"베끼는 것도 실력을 기르기 위함입니다. 처음에는 이득을 보려고 하는 것이지만 나중에 가서는 기술 도용도 벌일 수 있습니다. 지금부터 어떻게 하느냐에 따라서 당나라가 우릴 따라잡느냐 따라잡을 수 없느냐가 됩니다."

오성의 대답을 듣고 고개를 끄덕였다.

이어 해정이 오성에게 물었다.

"그러면 이제, 어떻게 해야 하겠습니까?"

"……."

"스승님께서도 당나라가 부담할 것이라 예상하셨습니다. 마땅히 처결을 정해서 대응해야……."

오성이 대답했다.

"우리 홀로 대응해서는 안 됩니다."

"동맹들과 함께 말입니까?"

"이번 일은 그야말로 표본 같은 일입니다. 우릴 상대로 본보기를 보여준 것이고, 충분히 다른 나라나 민족에게도 벌어질 수 있는 일입니다."

목에 힘주면서 오성이 말했다.

"다른 나라나 민족의 전통도 당나라 것이라고 주장할 수 있습니다. 그리고 군사력이 강할 때는 실질적으로 전쟁을 일으켰던 적이 있기에 동맹의 뜻이 하나로 모일 수 있습니다. 때문에 동맹의 사신들이 모여서 당나라를 옥죌 것입니다."

천군의 대답을 듣고 해정이 고개를 끄덕였다.

그리고 그가 전에 했었던 말을 연개소문이 기억했다.

"모여서 어떤 고통을 가할지 정하겠군요."

"예. 어르신."

"최고의 고통을 가할 것이라고 말했었는데 어떤 고통일지 기대가 됩니다. 물론 당 태후를 향한 고통이겠지만 말입니다."

"상황에 따라서는 당나라 백성들이 피해를 입을 수 있습니다."

"우리에게 분노의 화살이 향하지 않겠습니까?"

"그렇게 되지는 않을 겁니다. 태후의 실정이 명백하다면 말입니다. 그리고 그 실정을 반드시 드러내서 보여줄 겁니다."

자신만만한 표정으로 오성이 말했다.

그를 보면서 연개소문이 입꼬리를 올렸다.

양만춘이 그에 대해서 기대감을 나타냈고, 해정이 당나라 백성들을 조금 안타깝게 여기기도 했다.

회의에 참여하고 있던 인문에게 양만춘이 물었다.

"우의정과 미리 이야기를 나눴는가?"

질문을 받고 인문이 대답했다.

"예. 어르신."

"허면, 사신을 평양으로 부를 것인가?"

"그렇지는 않습니다."

"그러면 나라 밖으로……."

오성이 대신 알려줬다.

"대만에서 모일 겁니다."

"대만이라고?"

"진랍과 스리비자야에서 평양은 매우 먼 곳이니까 말입니다. 토번의 경우엔 당나라를 거칠 수 없어서 훨씬 멉니다. 대만에 군주를 대리하는 사신들이 모여야 됩니다."

고려의 온 동맹이 모여야 했다.

모여서 만국과 모든 민족을 집어 삼키려는 당나라의 움직임에 맞서야 했다.

함께 해서 뜻을 모으고, 함께 해서 원칙을 세우고자 했다.

앞으로 많은 일들이 일어나려고 했다.

그리고 그것은 본래의 역사보다 훨씬 빠른 일들이었다.

전례 없는 일들이 세상에 가득했고, 빠르게 움직여야 했다.

평양에서 사신이 출발하고 삼화에서 거칠산으로 이르게 됐다.

그리고 한 사신은 아이누로 향했다.

다시 사신들은 탐라와 대만으로 향했고, 진랍과 스리비

자야로 향했다.

천축을 거쳐서 토번으로 사신이 향했다.

그로부터 다시 한 달이 조금 지났을 때였다.

고려와 동맹을 맺은 각국의 사신들이 대만에 마련된 회의장으로 모이게 됐다.

원주민들이 고려군과 함께 지은 관아에서였다.

비록 나라는 아니었지만 원주민들을 대표하는 이가 회의에 참석했다.

넓은 회의실 중앙에 탁자가 놓여 있었고, 탁자를 중심으로 고려를 대표하는 권오성과, 아이누의 이츠키와, 진랍의 시무타, 스리비자야의 다푼타 황자가 함께 했다.

그리고 토번 상인인 가르예센이 토번 황제인 첸포를 대리했다.

그가 어색해 하는 모습을 보일 때, 오성이 그를 보면서 미소를 보였다.

천군을 보고 가르예센이 마음을 놓았고, 편안해진 분위기 속에서 당나라에 맞서는 이야기를 논의하기 시작했다.

이제 토번의 동맹은 당나라가 아닌 고려였다.

고려가 당나라보다 강했고 훨씬 정의로운 나라였다.

오성이 이야기를 시작하자 사신들을 담당하는 역관이 그의 이야기를 전했다.

"미리 들어서 알고 있을 겁니다. 이번에 당나라가 어떤 일을 벌였는지 말입니다. 고려의 역사가 자신들의 역사라고 주장했으니, 동맹들의 역사 또한 마찬가지입니다. 얼마든지 자신들의 것이라고 주장할 수 있습니다.”

오성이 먼저 말하자 대표 사신들이 웅성거렸다.

그리고 당나라와 직접 전쟁을 벌였던 진랍의 사신이 목소리를 높였다.

시무타가 쥔 주먹을 보이면서 이야기 했다.

“사실상 전쟁을 선포한 것과 같습니다!”

“옳소!”

“역사를 앗아가는 것은 뿌리를 빼앗는 것과 같습니다! 그 땅과 백성들을 앞으로 차지하겠다고 공표한 것과 같습니다. 우리는 이미 당나라의 침공을 경험했고 동맹의 도움으로 구원 받았습니다. 고려와 함께 할 것이며, 동맹과 함께 싸울 겁니다. 세상을 집어 삼키려는 당나라 놈들을 물리쳐야 됩니다!”

“옳소!”

“싸웁시다!”

“망할 외적의 버릇을 고쳐줘야 됩니다!”

수행하는 진랍 관리들이 소리치면서 전의를 다졌다.

그들의 마음이 곧 동맹 사신들과 수행 관리들의 마음이었다.

모두가 하나가 되면서 당나라에 맞서려 했다.

가장 강한 고려를 상대로 만행을 벌였기에 자신들에게도 충분히 그럴 수 있다고 위기를 느꼈다.

당나라의 후대가 후손들을 공격하는 명분이 될 것이라고 생각했다.

그러한 상황을 바꿔야 했다.

당나라가 알아서 바뀌지 않는다면 수단과 방법을 가리지 않아야 했다.

스리비자야의 황자가 오성에게 물었다.

"내 생각엔 당나라는 바뀌지 않을 것 같소."

"제 생각도 같습니다."

"고려의 영의정이 가서 경고했음에도 무시할 정도인데, 그렇다면 대군을 동원해서 당나라를 공격하는 것만이 해결책이라고 보오. 물론 적이 방비를 했겠지만 말이오. 하지만 우리와 화기로 무장한 고려군이 함께 한다면 충분히 놈들을 박살낼 수 있소. 이참에 오만한 당나라를 무너뜨려야 할 것이오."

핏값을 치러서라도 정의를 실현 시키겠다는 의지를 보였다.

아니, 싸우지 않고서는 당나라의 만행을 저지 시킬 수 없었다.

창검과 화기로 당나라를 굴복시키는 것만이 유일한 방법이라고 생각했다.

그리고 고려와 함께 한다면 충분히 가능하다고 생각했다.

모인 사신들이 똑같은 생각을 하고 기대를 보이고 있었다.

그때 오성이 사신들에게 말했다.

"물론 함께 싸운다면 이길 겁니다. 지금의 당나라라면 말입니다. 하지만 희생이 적지 않을 것이고, 백성들의 고혈까지 짜내야 합니다. 때문에 당장 싸우진 않을 겁니다."

"싸우지 않을 거라고 말이오?"

"선택지 중 하나입니다. 그리고 더 나은 선택이 있기에 그것부터 먼저 하려고 합니다."

이츠키가 물었다.

"어떤 선택입니까?"

통역이 전해지고 다시 오성이 이야기 했다.

"당나라를 고통스럽게 만들 겁니다."

"고통스럽게 말입니까?"

"사실 당나라가 아니라, 정확히는 당 태후입니다. 이번 일을 주도한 것이 당 태후와 태후를 위시한 대신들이니까 말입니다. 그들을 고통스럽게 만들 것이고, 여러 계획들을 준비해뒀습니다. 어떤 식으로 공격할지는 이 첩지에 요약해서 쓰여 있습니다."

"⋯⋯?"

"첩지를 나눠줄 테니까, 천천히 읽어보십시오. 그리고 비밀문서니까 어디 가서 말해서는 안 될 겁니다. 설령 상

세히 쓰여 있지 않더라도 말입니다. 지금 바로 나눠 드리
겠습니다."

"……."

천군이 당나라를 응징할 수 있는 계획을 준비한 듯했다.

그와 고려 수행 관리들이 준비한 첩지가 시무타와 이츠
키를 비롯한 각 사신들에게 전해졌다.

그리고 첩지가 펼쳐졌다.

1. 하늘의 이치를 당나라 백성들에게 가르친다.

2. 덕으로 일식을 물리쳤다는 당 고종의 거짓말을 밝힌
다.

3. 거짓말을 가리려고 백성을 학살한 고종의 진실을 밝
힌다.

4. 간자의 존재를 이용해서 권력을 취한 태후의 진실을
밝힌다.

5. 권력을 가지기 위해서 정적을 죽이고 백성들을 학살
한 태후의 만행을 알린다.

6. 당 조정의 통치를 받는 각 민족의 전통을 바로 세운
다.

7. 세상에 중심이 없음을 알린다.

8. 불의에 맞서는 법을 알린다.

첩지의 내용을 읽고 사신들이 눈을 키웠다.

"이것은…….."

"이 일들을 당나라에서 벌인다고 말이오……?"

"맙소사……."

모든 이들이 기막힌 시선으로 오성을 보았다.

사신들 앞에서 오성이 진한 미소를 짓고 있었다.

그리고 고개를 끄덕이면서 첩지 안에 써져 있는 내용들을 행할 것임을 알렸다.

"지금 진실을 두려워하는 자는 오직 당 태후와 태후를 위시하는 자들입니다. 놈들에게 진정한 공포가 무엇인지 보여줄 겁니다. 군사를 쓰는 것은 이후의 일입니다."

오성의 알림을 사신들이 들었다.

당나라에서 어떤 일들이 벌어졌는지 어느 정도 알고 있었고, 그 일은 황제와 태후의 권력과 관련 된 일이라고 짐작하고 있었다.

하지만 고려는 완벽하게 알고 있었다.

어쩌면이라는 가정을 세웠지만, 가정이 아니라 진짜라는 것을 깨달았다.

작정해서 고려가 모든 것을 끝낼 수 있다는 것을 알았다.

그 사실을 깨달았을 때 경악이 절로 나오고 있었다.

그런 사신들을 보면서 오성이 다른 사안에 대해서도 말했다.

"그것 말고도 할 것이 많습니다."

"어…어떤 것을 말이오?"

"이것저것입니다."

"이것저것이라고……?"

"당나라를 상대로 무역 제제를 가하려고 합니다. 그리고 지적재산권이나 출처에 관한 이야기도 나눌 겁니다. 의술 공유와 기예 지원에 관해서도 말입니다. 단순히 당나라를 옥죄는 것만 논의하지 않을 겁니다."

보다 건설적인 이야기를 나누는 자리였다.

그 기회를 반드시 살리고자 했다.

천군의 이야기를 듣고 모든 사신들이 고개를 끄덕였다.

그리고 함께 할 수 있는 순간을 맞이했다.

서로가 서로를 도울 수 있는 기회를 얻었다.

공동의 이익을 추구하면 동맹의 결의가 더욱 짙어지려 했다.

대만에서 큰 회의가 이뤄졌다.

동맹 조약을 맺다

회의를 열기 전에는 당나라에 맞서기 위해서였다.

하지만 여러 가지를 논의하여 그 결과가 결의문에 새겨졌다.

고려와 아이누와 진랍과 스리비자야와 토번 등이 합의한 사항이었다.

합의의 조항이 펼쳐진 첩지에 쓰여 있었다.

1조. 동맹회 각국은 독립국으로 어떠한 나라로부터 부당한 요구를 받지 아니 한다.

2조. 본 약조는 동맹회 각국이 합의한 것으로, 반드시 지

킴으로써 신뢰를 지키고 우의를 도모한다. 또한 동맹회에
속한 나라들은 정의를 바로 세움과 국익을 일치 시킨다.

3조. 동맹회 각국은 군사동맹으로 맺어져 있으며, 동맹
회에 속한 나라가 부당한 침공을 당했을 시 군사적으로 함
께 응전을 벌인다.

4조. 동맹회 각국은 동맹회 내에서 각국의 상단이 자유
롭게 교역을 벌일 수 있도록 최대한 지원한다. 세부 사항
은 가까운 시일에 협의한다.

5조. 자국 산업 보호를 위해 교역품에 대한 관세 적용이
가능하며, 관세 적용 시 동맹회 각국과 협의하여 일방적인
관세 적용과 반대를 피한다.

6조. 상업의 공정한 경쟁을 무너뜨리는 독과점을 지양한
다. 세부 사항은 가까운 시일에 협의한다.

7조. 각국에서 최초로 개발 된 지적 재산권을 최대한 보
장한다. 또한 출처를 명확히 이룬다. 복제품 판매를 금할
수 있도록 각국의 사정에 맞춰서 최대한 노력한다. 세부
사항은 가까운 시일에 협의한다.

8조. 각국에서 개발된 기술은 상단의 협의로 거래될 수
있으며, 상단은 기술 지원을 통한 저작권료 요구 혹은 투
자지분 참여를 요구할 수 있다. 세부 사항은 가까운 시일
에 협의한다.

9조. 대만에 독립국이 세워질 수 있도록 동맹국 각국이

지원한다. 세부 사항은 가까운 시일에 협의한다.

10조. 동맹회 각국의 역사와 민족, 전통은 존중 받으며, 다른 나라가 일체 자국의 역사라 주장하지 않는다. 그러나 관련성은 인정한다.

11조. 고려는 동맹회 각국의 전통이 역사가 지켜질 수 있도록 돕는다. 세부 사항은 가까운 시일에 협의한다.

12조. 동맹회 각국은 백성들의 건강증진과 미래 번영 등을 함께 고민하고 수시로 논의해서 발전을 이룬다.

13조. 비동맹회에 속한 나라라도 인류 공동의 발전과 정의 추구를 도모한다.

14조. 각국은 가까운 시일에 세부 사항을 정하되, 5년마다 정기적인 논의를 거쳐서 세부 사항을 조정 변경, 혹은 유지한다. 이를 통해 시대에 따른 사항의 유불리를 보완한다.

첩지의 내용이 상당히 많았다.

심지어 각국의 문자로 번역 되어 있었기에 때문에 펼쳐진 종이의 길이도 매우 길 수밖에 없었다.

약조문의 전문은 종이 전체에 걸쳐서 써져 있었지만 서명란은 조금만 펼쳐도 써 넣을 수 있도록 가까운 면에 준비되어 있었다.

각국 사신들이 내용들을 읽고 조약문을 말았다.

그리고 서명란이 있는 부분만 펼쳐 놓은 상태에서, 붓에 먹물을 묻히고 자신들의 이름을 써 넣었다.

또한 기존에 쓰거나 특별히 만든 수결을 넣었고, 외교의 권한을 상징하는 새를 찍어 넣었다.

그리고 서로가 서로에게 조약문을 돌렸다.

빈자리에 자신의 이름과 수결을 써 넣고 마찬가지로 새를 찍어서 약조문을 지킬 것임을 알렸다.

그렇게 사신들이 약속했고, 조약문을 1첩씩 소지하게 됐다.

조약 날인이 끝나고 함께 미소 지었다.

"이것으로써 우리에게 큰 짐이 지어졌군."

"마땅히 지어야 할 짐입니다."

"그렇긴 하오."

"그리고 고려가 많이 도울 겁니다. 역사와 전통을 살릴 수 있도록 말입니다. 우리가 우리의 이야기를 널리 알렸듯이, 각 나라의 재미난 이야기도 널리 알려질 수 있도록 도울 것입니다. 서로가 서로를 아는 길이 곧 국익을 구할 수 있는 길입니다."

미소를 지으면서 다푼타에게 말했다.

고려에서 만들어진 이야기책이 세상에 널리 알려지고 있었다.

갖은 감정을 사람들이 느낄 수 있었고, 그것은 곧 즐거움이었다.

 꼭 고려에서의 이야기만 사람들에게 희로애락을 안겨다 주는 것은 아니었다.

 세상에 많은 나라와 족속이 있었고, 그들에게도 역사와 전통과 함께 하는 이야기들이 있었다.

 그 이야기를 세상에 알리고자 했다.

 또한 고려에 알려서 고려 백성들이 이웃의 존재를 깨달을 수 있도록 돕고자 했다.

 무르익은 때에 축제 또한 구성해서 각 나라를 방문하는 사람들에게 즐거움과 지식을 안겨다 주고자 했다.

 그런 천군의 지혜를 사신들이 경험하였다.

 다시 다푼타가 오성에게 말했다.

 "천군이 있어서 다행이오."

 "예?"

 "고려 태왕 폐하께 말이오. 그리고 우리와 함께 해준다는 사실이 참으로 감사하오."

 하늘의 재주에 비견될 만큼 유능한 자가 고려와 함께 하고 있었다.

 .비록 스리비자야의 인재는 아니었지만, 그는 적대하지 않았고, 욕심을 부리지 않았다.

 그 사실이 매우 감사했다.

 함께 정의를 구하는 영광을 가질 수 있다는 사실이 믿어지지 않았다.

사람이란 자고로 탐욕을 가진 존재였다.

만국과 만민과 만인을 위하려는 천군에게 머릴 숙이면서 경의를 나타냈다.

그렇게 동맹 조약이 맺어졌다.

다시 동맹회가 새롭게 탄생되었고 거듭났다.

비록 어떤 이가 불손한 의지를 가져서 작정한다면 어쩔 수 없었지만, 그것에 맞설 수 있는 명분과 의무가 문서에 명백하게 새겨져 있었다.

그것은 새로운 결속이었고 역사였다.

또한 세상에 정의를 요구하는 위대한 선포였다.

소중한 첩지를 가지고 각국으로 돌아가면서, 조약문에 쓰여 있는 세부 사항들을 정리하기 시작했다.

각국의 상황과 입장을 정리해서 서로가 절충을 이뤄 한 뜻을 이루고자 했다.

당나라와 이웃한 나라들이 고려 편에 섰다.

그리고 당나라 안에서 고려를 주장하는 자들이 나타났다.

한 약재상이 장마당에 자리를 깔고 주위 눈치를 살폈다.

사람들이 지나는 것을 봤고 이내 기침 소리를 내면서 목소리를 가다듬었다.

그 후에 지나는 사람들을 상대로 크게 소리쳤다.

"홍삼이오! 고려에서 특별히 들인 홍삼이니, 와서 보시오! 삼중에서 약효가 가장 뛰어나오! 기름지고 신비로운 땅에서 자란 홍삼이니 어서 와서 보시오! 정오가 지나면 모든 삼들이 팔릴 거요!"

약재상이 소리치면서 호객 행위를 했다.

그의 외침에 갈을 지나는 사람들이 힐끔 쳐다봤다.

"방금, 홍삼이라고 했어?"

"그렇게 말한 것 같아."

"홍삼이면 고려에서 나는 삼이잖아. 약효가 산삼만큼이나 좋다고 하던데 고려 홍삼이 낙양까지 오다니……."

"교역로가 열려서 올 수 있었나 봐. 저 상인이 고려를 직접 다녀왔나 봐. 위험했을 텐데 정말 대단해."

홍삼에 대한 이야기를 몇몇 사람들이 알고 있었다.

교역로가 열리면서 고려의 물산이 나라 곳곳에 들어올 수 있었다.

그리고 고려에서 나는 것은 매우 비쌌다.

고려에서 나는 삼은 귀한 약재였기에 더욱 비쌀 수밖에 없었다.

때문에 어느 누구도 쉽게 거래할 수 없는 것이었다.

고려 삼을 사들일 수 있는 사람은 돈 많은 귀족이거나, 상인 혹은 부호여야만 했다.

다시 약재상이 소리치면서 고객을 불렀다.

"고려 홍삼이오! 약효가 뛰어나오! 정오가 되면 팔리고 없을 것이오! 어서 와서 보시오!"

그의 외침에 비단 옷을 입은 자가 하인을 끌고 왔다.

호객 행위를 하던 약재상의 얼굴에 미소가 번졌다.

"정말로 고려 홍삼이오?"

"예, 어르신."

"그래도 내가 고려 홍삼을 볼 줄 아는데 이건 좀……."

"문제라도 있습니까?"

"색깔이 좀 더 짙소. 고려 삼은 이렇게까지 붉지 않은 것으로 아오. 그래서……."

부호인 듯했다.

그리고 약재상이 가져온 홍삼을 의심하고 있었다.

그의 의심에 약재상이 당황하지 않고 차분하게 설명했다.

"약효가 더욱 뛰어나서 그렇습니다."

"약효가 뛰어나다고?"

"고려 삼의 약효가 뛰어난 이유는 그들의 기예만으로 특별히 삼을 붉게 제조하기 때문입니다. 삼이 붉을수록 약효가 뛰어납니다. 저도 비법을 알기 위해서 애썼지만 놈들이 알려주지 않았습니다."

약재상의 말에 부호가 곰곰이 생각했다.

그러다가 고개를 끄덕이면서 약재상의 말에 일리가 있다고 생각하게 됐다.

이내 약재상에게 판매하는 홍삼의 가격을 물었다.

"얼마요?"

부호의 물음에 약재상이 대답했다.

"한 뿌리 당 은으로 10관입니다."

"은으로 10관이라고?"

"예. 어르신."

"아무리 고려 삼이라지만 그렇게 비쌀 수 있소?"

황당함을 느끼면서 값의 이유를 물었고, 부호의 물음에 약재상이 입에 침도 바르지 않으면서 이야기 했다.

"어렵게 구한 삼들입니다. 그리고 운송료도 만만치 않게 들었습니다. 나라 안에서는 절대로 구할 수 없는 삼이니 뿌리 당 은 10관은 결코 비싼 가격이 아닙니다. 대신 10뿌리를 사시면 100관이 아닌 80관을 받겠습니다."

"……."

"고려 삼을 구할 기회는 그리 많지 않습니다. 그리고 홍삼은 죽은 사람도 다시 살릴 수 있는 명약입니다. 그런 부분들을 고려해 주십시오."

"……."

약재상의 말에 부호가 다시 고민했다.

그리고 손가락 7개를 펼쳐 보이면서 이야기 했다.

"10뿌리를 살 테니 70관으로 해주시오. 그러면 사겠소."

부호의 말에 주위를 살핀 후 약재상이 이야기 했다.

"좋습니다. 대신, 다른 분께 알리시면 안 됩니다. 저도 손해 보면서 장사할 수 없으니까 말입니다."

"알겠소."

"뿌리 중에서 큰 것들로 해서 드리겠습니다."

마치 선심을 쓰듯이 약재상이 말했다.

그리고 뿌리 중에서 굵고 무게 나가는 것들을 골라서 비단 천으로 감싸면서 부호에게 넘겼다.

부호가 하인에게 눈짓을 주면서 은관들을 준비시켰다.

근처에 세워둔 수레에 다녀오게 해서 상자를 가지고 오게 했다.

그 안에 은관들이 담겨 있었다.

값을 결재하고 서로가 미소 지었다.

"많이 파시오."

"예. 어르신. 감사합니다. 만수무강 하십시오~"

은관 70관을 얻은 약재상이 매우 만족했다.

그리고 귀한 홍삼을 구한 부호가 기뻐했으니, 그는 몸져 누운 어미에게 영약을 달여 드릴 수 있다고 생각했다.

시름시름 앓는 어미가 탕약을 마시고 쾌차해서 일어날 것이라고 여겼다.

홍삼을 가지고 하인들과 함께 집으로 부호가 돌아왔다.

즉시 하인과 하녀들에게 홍삼을 달이라고 지시했다.

그리고 하녀들의 이야기를 들었다.

"약물이 이상하다고?"

"예. 어르신……."

"약물이 이상하다니, 어떻게……?"

약을 달이다가 하인과 하녀들이 이상함을 감지했다.

하나같이 인상을 굳힌 상태에서 서로의 눈치를 살폈으니, 그중 한 사람이 나서서 부호에게 이야기 했다.

"약물이 붉습니다."

"약물이 붉다고?"

"어르신께서 사신 홍삼을 넣고 끓였사온데, 약물이 핏빛처럼 붉어서 저희들도 이상히 여겨서……."

"…….

"대모님께 드리면 큰일날 것 같아서 어르신께 말씀드렸습니다. 그리고 은수저를 넣었는데, 색이 이렇게 바랬습니다…….

"……?!"

하인이 색이 변한 은수저를 보여줬다.

검게 변한 은수저를 보면서 부호의 눈이 커졌고, 그가 급히 걸음을 옮기면서 부엌으로 향했다.

약을 달이기 위한 작은 솥에 삼이 끓는 물에 담겨서 색이

빠져 있었다.

그 색이 여느 삼과 같았고, 삼의 색이 마치 물에 녹은 듯했다.

마치 핏빛으로 약물이 잔뜩 물들어 있었다.

하인들에게 다시 은수저를 가져오라고 말했다.

그리고 담그자 전체가 까맣게 변하였다.

그것을 확인한 부호가 든 수저를 보면서 덜덜 떨다가 집어 던졌다.

"감히 날 속이다니! 이런 호로 자식 놈을……!"

사기를 친 약재상을 잡아야 했다.

홍삼의 붉은색이 본래의 색이 아닌 덧 입혀진 것이라는 것을 깨달았다.

아마도 그것은 독성분일 것이라, 누군가를 죽이기 위해서 덧입혀진 것이 아닌, 그저 돈을 벌기 위해서 입혀진 색일 뿐이었다.

그리고 삼으로 알려진 뿌리가 삼이 아닐 수도 있었다.

사기를 치기 위해서 비싼 삼을 썼을 리 만무했다.

도라지는 삼이 아니었지만 삼 처럼 생긴 뿌리 작물이었다.

하인들을 이끌고 관아에 고발하면서 장마당으로 향했다.

하지만 약재상은 이미 자치를 감춘 이후였고, 부호는 눈

먼 돈만 잃게 됐다.

그렇게 고려의 이름을 단 것들이 팔리고 있었다.

또한 돈을 벌겠다는 것으로써 온갖 사기가 저질러지고 있었다.

짝퉁이라 불리는 것들이 판을 치고 있었고, 그나마 사람을 죽이지 않으면 다행인 일이었다.

그런 일이 당나라 안에서 횡행하게 이뤄졌다.

당 조정에서는 그것을 금하거나 통제할 의지가 전혀 없었다.

모든 것이 태후의 의지대로 이뤄지고 있었다.

고려가 더욱 귀해지다

한 여인이 얼굴에 분을 쳤다.

곁에서 지켜보던 그녀의 친구가 물었다.

"좋아 보이는데, 어디에서 구했어?"

친구의 물음에 여인이 알려줬다.

"어디에서 구하긴, 시장에서 비싼 값을 주고 샀어."

"비싸게 샀다고?"

"고려에서 들어온 귀한 분이니까. 얼굴에 잔주름이 지워진다고 해서 샀는데, 진짜야. 얼굴에 며칠 동안 쳤는데, 피부가 당겨지는 느낌을 받아."

여인의 증언에 친구가 큰 관심을 보이면서 말했다.

"나도 한 번 쳐보면 안 될까?"

"안 돼."

"입가 쪽 주름을 지우고 싶단 말이야. 한 번만 화장할 수 있게 해 줘~"

소매를 붙잡으며 친구가 이야기 했고, 친구의 애원에 여인이 미소를 지으면서 이야기 했다.

"그러면 한 번만 할 수 있게 해 줄게."

"정말?"

"그래. 그리고 두 번째는 없어. 너희 집도 우리 집만큼 돈이 많잖아. 시장에 가면 고려에서 들인 분을 파는 상인이 있으니까. 이런 모양으로 된 통 안에 담긴 것을 사면 돼. 시장 안쪽이 아니라 바깥쪽에 있으니까 찾아가 봐."

"알겠어. 고마워~"

"가만히 있어 봐. 내가 쳐 줄게."

분을 나눠서 치며 서로의 미모를 높였다.

고려에서 들인 분이 잔주름을 없앤다는 소문이 파다했고, 부호의 여식이나 돈 많은 집안의 여인들은 앞뒤 가리지 않고 비싼 값을 치르면서 분을 샀다.

그리고 며칠 안에 피부가 당겨지는 듯한 느낌을 받으면서 효능을 봤다.

그로부터 다시 며칠 지나지 않아서였다.

고려에서 온 분을 산 여인들이 거울을 보면서 비명을 질렀다.

"꺄악!"

"왜, 왜 그러세요? 아씨?"

"어떡해…! 얼굴이……!"

"히익?! 아…아씨……?!"

비명 소리를 듣고 급히 들어온 하녀가 여인의 얼굴을 봤
다.

피부가 붉게 변하고 고름이 찬 작은 종기들이 얼굴에 돋
아나 있었다.

엉망이 된 여인의 얼굴을 보면서 하녀가 기겁했다.

할 말을 잃고 멍하니 선 가운데, 여인이 울음을 터트렸
다.

"흐흑…! 흐흐흑…! 어떡해……!"

"아씨……."

오열하는 여인의 곁에서 하녀가 무릎을 꿇었다.

그리고 어쩔 줄 모르는 표정으로 여인을 달래려고 했다.

죄를 짓지 않았지만 마치 큰 죄를 지은 것 같은 느낌을 받
았다.

낙양 내 저택이 몰려 있는 곳에서 여인들의 비명이 그치
지 않았다.

그 소리가 그쳤을 즘에 백성들 사이에서 소문이 일어나
기 시작했다.

그 소문은 고려의 것에 관한 이야기였다.

"아니, 어떻게 고려에서 들인 분들이 하나 같이 그래?"

"그러니까 말이야."

"처음에는 잔주름이 지워진다고 해서 좋은 것인 줄 알았는데, 나중에는 얼굴이 엉망이 됐어. 꼭 불에 화상을 입은 것처럼 말이야."

"고려에서 별 탈 없는 건지 정말 궁금해. 고려 여인들은 정말 그런 분을 쓰는 걸까? 똑같은 분에 똑같이 탈이 난다면……."

이야기 중에 고려의 고의를 주장하기도 했다.

"우리에게 해를 입히려고 독을 넣었을 수도 있지. 이번에 고려에서 들인 삼도 문제를 일으켰다잖아."

"어떻게?"

"물에 넣고 끓였는데 붉은 물이 나왔었다나 봐. 그리고 붉은 물에 은수저를 넣으니까 까맣게 변해 버렸고 말이지. 의원들의 말로는 진사 범벅이었다 하더라고."

"그래?"

"일단 장마당에서 고려 것이라고 팔리는 것이 좋은 것은 아닌 것 같아."

고려의 물산에 관해서 불신이 새겨지고 있었다.

장마당을 오가는 백성들과 상인들이 고려의 분과 홍삼 등의 것을 사고 피해를 입은 사람들에 대해서 이야기 했다.

고려가 일부로 그랬거나, 당나라 사람에게 맞지 않거나 다양한 것으로 추측했다.

그때 무언가를 들은 사람들이 장마당으로 와서 이야기했다.

"범인을 잡았다고 해!"

"뭐? 무슨 범인?"

"뭐긴 뭐겠어! 사기를 친 범인이지!"

"뭐?"

"전에 여인들에게 고려에서 들인 분을 팔았잖아! 놈이 낙양 밖에서 잡혔어!"

"……?!"

"공개 처벌이 이뤄질 거니까, 어서 구경하러 가야 해!"

한 백성의 알리자 주위 모든 사람들이 놀랐다.

여인들의 얼굴을 망쳐버린 상인이 붙들렸고 곧 그가 공개 처벌을 당할 것이라는 말에 백성들이 보던 일들을 멈춰버렸다.

"낯짝 좀 보자!"

"대체 어떤 놈이야?"

빠르게 걸음을 옮기면서 물건을 판 자의 얼굴을 보려고 했다.

장마당 끝의 넓은 거리에 단상이 마련되고, 그 위에 창검으로 무장한 군사들이 있었으니, 그들은 낙양 태수의 지휘를 받는 군사들이었다.

낙양 태수의 여식 또한 고려에서 난 분을 바르고 화상을 입었다.

이미 주먹을 얼굴에 맞았는지 분을 팔았던 상인의 얼굴이 멍들어 있었다.

그리고 무릎 꿇려져 있었다.

붙들린 상인이 포박되어 두려움에 떠는 가운데, 그를 알아 본 한 백성이 소리치게 됐다.

"뭐야, 저 사람?! 고려 삼을 팔던 상인이잖아?!"

그의 외침에 다른 백성들이 이야기 했다.

"삼도 팔았어?"

"그런 것 같아."

"이야, 정말 재수 없게 걸렸구만. 지은 죄라고는 고려 것을 들인 죄 밖에 없을 텐데……."

들여온 교역품이 문제를 일으켜서 붙잡힌 것이라고 생각했다.

하지만 분위기가 심상치 않았다.

눈치 빠른 백성 중 한 사람이 곁에 선 동무들에게 이야기했다.

"뭔가 큰 죄를 지은 것 같아."

"태수 어르신의 아씨께서 해를 있으셨다고 들었는데 그래서인 거 아냐?"

38

"그것 말고도 있는 것 같아. 뭔가, 엄한 처벌을 당할 것 같아."

사람들이 잘 모르는 잘못이 있을 것이라고 생각했다.

그리고 군중 속에 서서 지켜봤다.

잠시 후, 관복을 입은 태수가 올라와서 죄인에 곁에 섰고, 백성들이 잘 보이는 자리에서 직접 심문을 벌였다.

엄한 표정을 지으면서 분과 삼을 판 상인에게 호통을 쳤다.

"네놈의 죄를 네놈이 알렸다! 어디서 감히 도라지에다 진사를 먹이고 고려 삼이라고 속이는가?! 그리고 네놈이 진사를 정제해서 만든 분을 어찌 감히 고려에서 들여왔다 거짓말을 했느냐?! 네놈 때문에 내 딸이…! 크흑……!"

"주…죽을죄를 지었습니다… 다…다시는 그러지 않겠습니다… 그러니 제발……."

"뼈를 갈아 마셔도 시원찮을 것이다! 마음 같아서는 네놈의 목을 베고 싶으나, 처벌에도 법도가 있다는 사실에 통탄할 지경이다! 그러니, 폐하의 선정과 국법에 감사해라! 그렇지 않았다면 내가 친히 네놈의 목을 베었을 것이다!"

"가…감사합니다, 어르신……!"

"뭣들 하는가! 이놈을 형틀에 묶고 장 100대로 다스려라!"

"어…어르신……?!"

"불량품으로 백성들을 기만하고 백금을 편취한 자다! 속히 죄를 다스려라!"

"어르신! 어르신! 사…살려 주십시오! 태수 어르신!"

죄 지은 상인이 몸부림치면서 애원했다.

하지만 이내 형틀에 묶이면서 볼기가 드러났고, 그 위로 두꺼운 장이 내려쳐지기 시작했다.

"으악!"

"스물 두 대요!"

"크헉?! 어억……!"

미처 30대를 채우기 전이었다.

장형을 맞던 상인이 괴상한 신음을 내면서 몸을 들썩였다.

그리고 풀썩 하면서 쓰러지더니, 갑자기 죽은 사람처럼 몸을 꿈틀 거렸다.

"태수 어르신. 죄인이 절명한 듯합니다."

관리의 보고에 낙양태수가 죄인을 벌레 보듯 하면서 명을 내렸다.

"백성을 기망한 죄인의 시신을 속히 치워라! 보기 싫다!"

"예! 어르신!"

태수의 명에 죄인의 시신이 수습 됐다.

그의 시신이 수습되어 병사들의 손에 들리는 순간, 처벌

을 지켜보던 백성들이 이야기 했다.

"고려에서 들인 게 아니었네?"

"그러게."

"거기에다 은으로 값을 부른 거야?"

"그러니까 저렇게 매를 맞고 뒈진 거지. 아씨들께서 얼마나 많은 해를 입으셨는데 머리 없는 귀신이 되지 않은게 다행인 일이야."

"와! 이게 이렇게 되면, 고려하고는…….."

"애초에 고려에서 들인 물목들이 아니었어. 고려라는 이름만 붙이면 부르는 게 값이니까, 저딴 사기꾼 놈들까지 나오는 거야. 이제 고려 것이라는 말도 믿을 수 없어."

"세상에…….."

고려가 벌인 짓이 아닌, 당나라 상인이 벌인 짓이었다.

그리고 그들의 죄로 인해서 피해를 입는 쪽은 결국 당나라 백성이었다.

피해를 입고 나면 결국 신뢰 또한 무너질 수밖에 없었다.

결국 귀함의 상징이 아닌, 사기의 상징으로 고려라는 이름이 쓰이기 시작했다.

고려에서 왔다는 물건은 고려에 오지 않았을 가능성이 매우 커졌다.

때문에 백성들이 의심하면서 진짜인지 아닌지 신중히 보기 시작했다.

그 와중에도 고려 것을 찾는 사람들이 있었다.

"정말 고려에서 들인 것이오?"

"예. 어르신."

"아니면?"

"관아에 고발하셔도 됩니다."

"고발해도 된다고?"

"주변 상인들에게 여쭤보십시오. 소인은 저기 집에서 삼 대 째 살고 있습니다. 그리고 오랫동안 장터에서 장사를 했습니다."

"……."

"근자에 고려 것이라고 속이면서 사기를 치다가 처벌 받은 상인들이 있사온데, 소인은 절대 그런 상인이 아 닙니다. 신뢰가 얼마나 중요한지 알고 있으니까 말입니 다. 써보시고 탈이 나는 것인지 아닌지 확인해보십시오. 반값을 선불로 주시고 쓰신 후에 나머지를 주셔도 됩니 다."

고려에서 분과 연지를 들인 상인이었다.

상인에게 여인이 의심의 눈초리를 하면서 노려봤다.

그리고 한참을 고민하다가 상인에게 말했다.

"일단 하나 사겠소."

"조금 지나면 전부 팔릴 겁니다."

"어쩔 수 없는 일이오. 하지만 저 집이 단주의 집이라면,

42

어디로 가지는 않겠지. 분을 다시 들여서 팔 테니 말이오. 써 보고 문제없으면, 그때 사겠소.”

“알겠습니다.”

“하나 주시오.”

“예. 아씨.”

혼기 찬 여인에게 상인이 분 하나를 주고 은관을 받았다.

분을 산 여인이 상인의 행색을 한 번 훑고선 집으로 돌아갔다.

그리고 하녀에게 먼저 분을 쓰게 해서 문제가 있는지 없는지 확인했다.

한 달을 지켜본 결과 문제가 없었다.

그 후에 상인을 찾아서 남은 값을 치렀다.

선불로 이미 값을 받았던 상인이 2배로 돈을 벌었다.

이후로 문제를 일으키지 않는 분을 판 상인에게 신뢰가 쌓였으니, 부호와 귀족들 사이에서 입소문이 번졌다.

“저 상인이 파는 것은 진짜야!”

“저 집도 진짜였어!”

“진짜 고려 것을 쓰면 아무 문제가 없어! 피부도 매끈해지고 후에 탈도 일어나지 않아!”

“석감도 고려 것이 최고야!”

입에 침조차 바르지 않고 호객을 벌이는 상인들은 많

앗지만, 그래도 신뢰할 수 있는 상인은 반드시 존재했
다.

그들이 들이는 물건은 한정적이었다.

그리고 믿을 수 있는 물건을 구하려는 부호들과 고관들
의 수는 많았다.

때문에 부르는 게 값이었고, 신뢰 받는 상인은 돈방석에
앉을 수 있었다.

무지한 자는 여전히 고려 것이라는 말에 속고 있었다.

"커헉……!"

"여보?!"

"윽…….."

"여보! 여보……!"

고려에서 들인 뱀 고기를 먹은 남자가 가슴을 부여잡았
다.

남자의 기운을 북돋게 해준다는 말에 뱀을 사서 날 것으
로 먹었다가 쓰러지게 됐다.

그리고 부인이 그를 붙잡았으니, 남자가 가슴을 잡고 숨
을 헐떡이다가 이내 숨을 떨어트리게 됐다.

여전히 상인들의 사기가 계속 되고 있었다.

보통의 백성들은 여전히 해를 입고 있었고, 지속적으로
불만이 쌓여가고 있었다.

장마당에서 불만들이 쌓여서 입으로 새어 나오게 됐다.

"아니, 불량품으로 사기 치는 놈들이 아직도 있는데 왜 안 잡아?"

"자기들에게 피해가 없으니까 잡지 않는 거지."

"자기들이라니? 누구를 말이야?"

"누구긴 누구겠어, 높으신 분들이지. 고려에서 온 진짜 물건은 그 분들끼리 아는 상인을 통해서 들이시는 걸로 알고 있어. 금과 은으로 값을 지불하면서 말이지. 때문에 사기 치는 놈들 때문에 우리 장사도 망칠 판이야."

"빌어먹을!"

더 이상 고려에서 왔다고 말할 수 없었다.

아니, 고려에서 왔다고 말하면 오히려 의심만 일으킬 뿐이었다.

보통의 백성은 그 말을 결코 믿지 않았다.

와중에도 혹해버린 백성은 여전히 피해를 입었고, 이제는 중원에서 난 것이라고 말해야 그나마 팔릴 수 있었다.

그렇게 했음에도 여전히 해를 입는 백성들은 여전했다.

아니, 이미 수단과 방법을 가리지 않고 돈 버는 방법을 상인들이 알았다.

부호들과 귀족들이 피해를 입는 경우가 거의 없어져서 그들에 대한 추포가 제대로 이뤄지지 않았다.

더욱 과감하게 상품을 속여 팔았고, 고려에서 들인 진짜 물건은 매우 비싸게 팔리게 됐다.

보통의 백성들이 그 사실을 깨달았다.

분노의 시선이 조용히 위로 향하고 있었다.

당나라의 사정이 천군에게로 알려졌다.

죄를 다스리다

고려의 바다를 지키는 수군이 2개였다.

그리고 각 수군은 서로를 비교했을 때 부족함이 없다할 정도로 막강했다.

화포와 화기를 활용하는 전술로 지휘관의 역량이 빛을 발했으니, 그 지휘관이 설령 부재하더라도 수군의 전력이 크게 떨어지지 않을 정도로 장병들이 강했다.

특히 분함대나 전선의 전술력이 뛰어난 상단부의 수군이 그러했다.

평시에는 먼 바다를 항해하면서 교역을 벌이는 상선들이었다.

하지만 해적이라도 만나면 싸우기 위해서 무장력을 갖추고 있었다.

전시가 되면 고려를 수호하는 수군으로 변하지만, 본래 상인으로서 여러 가지 것들을 할 수 있었다.

여러 족속의 말을 할 수 있었고, 여러 나라에서 구한 정보를 들일 수 있었다.

또한 지혜 있는 자가 많아 나라를 위해서 힘 쓸 수 있었다.

상단부에 속한 함대의 반 이상이 해남도에 주둔하고 있었다.

스리비자야에 할양 된 해남도에 고려와 진랍, 스리비자야의 각 수군이 주둔하고 있었으니, 해남도에서 출진한 수군은 이제 진랍의 영토가 된 참파의 해안을 지키고, 당나라가 통치하는 교주를 경계하면서 공격할 수 있었다.

화포로 무장한 100척 넘는 함대가 주둔하고 있었다.

대함대를 지휘하는 자는 안련으로 청해 상단의 단주이기도 했다.

그가 고려를 떠나 있는 동안 대행수인 부영이 고려에 남아서 상단의 일을 보고 있었다.

진랍을 공격한 당 대군을 물리친 뒤 시일이 상당히 지났을 때였다.

전쟁을 일으켰던 당 황제가 죽고 정세가 조금 안정된 상태에서 안련이 잠시 고려로 돌아가고자 했다.

그가 자신을 보좌하는 선혜에게 함대를 맡겼다.

"하던 대로 하면 될 것이다. 훈련을 벌였을 때와 적을 상대했을 때처럼, 일자진과 장사진, 학익진일 비롯한 각 진법으로 적 함대를 상대해라."

"예. 어르신."

"그리고 수시로 출진하여 적이 숨겨둔 포구와 함대를 찾아내서 공격하라. 이를 게을리 하지 않으면 적이 큰 함대를 이루지 못할 것이다. 해남도의 수군만으로도 충분히 상대할 수 있으니, 다녀올 때까지 부탁한다."

"예. 어르신. 심려치 마십시오."

"건강하라. 오직 너의 건강만을 염려한다."

"네. 어르신."

이미 마음으로 선혜의 머리와 뺨을 어루만졌다.

그리고 이미 마음으로 단주의 품에 안겨서 온기를 느꼈다.

부하들이 보고 있었고 그저 서로를 보면서 미소 지을 뿐이었다.

선혜가 머릴 숙이면서 인사했고, 장수가 된 선장들이 머릴 숙이면서 일제히 군례를 올렸다.

선장과 행수들의 인사를 받으면서 안련이 삼한선 위에 올랐다.

그가 탄 대장선을 네 척의 삼한선이 호위했다.

대해로 나아가서 대만을 거친 뒤 고려에 이르렀다.

삼화에 당도해서 곧장 평양으로 향했으니, 오성을 만나면서 머릴 숙이면서 인사했다.

집에 찾아온 안련을 보면서 오성이 환하게 웃었다.

"세상에, 올 거면 미리 기별이라도 주지."

"전령을 보냈었습니다."

"안 왔는데?"

"연락선을 띄우자마자 곧바로 출발해서인 것 같습니다. 다시 해남도로 돌아가야 하기에 시간을 최대한 줄여야 된다는 생각으로 빨리 왔습니다. 삼화에서도 전령을 출발 시켰는데 저도 곧바로 출발했습니다. 어쩌면 잠시 후에 도착할 지도 모릅니다."

안련의 이야기를 듣고 오성이 피식하면서 웃었다.

그리고 곧장 달려온 동생을 생각하면서 물었다.

"밥은?"

"아직 먹지는 않았습니다."

"그러면 잠시 들어와서 먹을래? 아니면 돌아가서……."

"차와 다과만 내어주십시오. 안 그래도 대행수를 만나서 이야기를 들었는데 제가 남국에 가 있는 동안 많은 일이 있었던 것으로 압니다."

"그랬었지."

"조금 이야기를 듣고 돌아가서 쉬겠습니다."

"그래. 그럼 그렇게 해. 일단 들어와. 금방 차를 준비해 줄 테니, 오랜만에 함께 앉아서 이야기해 보자고."

"예. 형님."

마당에 서 있던 안련에게 별채로 들어오라고 오성이 말했다.

나한에게 차를 내어달라고 심부름을 시켰고, 이내 나한이 큰 소리로 대답하면서 부엌으로 향했다.

안련이 별채로 들어가자 형이 일하는 곳인 만큼 주위가 어지러웠다.

책장에 책들이 꽂혀 있었고, 형이 또 무언가를 쓰면서 만들어내고 있었다.

한 곳에는 장인들을 통해서 구한 공작 기구들이 있었다.

책상 위로 여러 자료들이 놓인 가운데, 그것을 잠시 치워놓고 편안하게 앉았다.

그리고 하녀들이 차와 다과를 준비하자 함께 차를 마시고 먹으면서 이야기를 시작했다.

먼저 부영으로부터 들었던 이야기에 대해서 안련이 말했다.

"당나라에서 고려 것을 찾는다고 들었습니다."

"그랬었지."

"지금은 돈 많은 자와 보통의 백성들로 나뉘어서 당나라

상권이 둘로 나뉘어 졌다고 들었습니다."

"신뢰할 수 있는 상인과 아닌 상인으로도 나뉘었지."

"고려의 상품을 취급하는 것으로 말입니까?"

"진짜 우리 것을 들이는 상인은 부호나 귀족들 사이에서 입소문이 났고, 대부분은 사기를 쳐서 백성들이 피해를 입는 바람에 고려에서 들인 것이라고 말하지도 못해. 말해봐야 의심만 사니까."

"고려 것이라 말하지 않고도 속이겠군요."

"그래. 그리고 전에는 백성들에게 해를 입힌 상인이 체포되었는데, 지금은 거의 방치되고 있어."

"부호와 귀족들에게 해가 없어서 말입니까?"

"낙양에서 가짜 분과 홍삼을 팔던 상인이 잡혔는데, 낙양 태수가 끝까지 추적해서 사로잡았지. 여식의 얼굴이 가짜 분에 썩는 바람에 말이야."

"……."

"그 후론 백성들에게 해를 입힌 죄인을 필사적으로 잡지 않았어. 입소문이 난 상인들에게서 진짜 고려의 상품만 살 수 있게 되었으니까. 자기 일이 아니니까 내팽겨 친 거야."

오성의 이야기를 듣고 당나라 백성들의 마음을 안련이 헤아렸다.

"불만이 많을 것 같습니다."

"관리들이 할 일을 제대로 안 해서?"

"그런 것도 있지만, 백성들의 박탈감이 상당할 것 같습니다. 이제 보통의 백성들은 보통의 물건을 사도 속을 수 있고, 부호들이나 귀족은 비싼 값을 치러서 믿을 수 있는 최고의 물품을 사들일 수 있으니까 말입니다. 백성들이 둘로 나뉘어져서 서로를 비하하고 시기할 것 같습니다."

안련의 말에 오성이 고개를 끄덕였다.

그리고 반면교사로 삼으려고 했다.

"그래서 우리도 조심해야지. 상인이든 아니든지 간에 말이야. 백성들을 속이고 해를 주면서까지 이득을 취하려는 자가 있다면 반드시 잡아야 해. 물론 모조리 잡아내는 것이 불가능하더라도, 그렇게 해야 된다는 생각으로 최선을 다해야 해. 백성들이 원하는 모습은 바로 그런 모습이야."

"맞습니다. 형님."

"그리고 희망을 줘야 해."

"희망을 말씀입니까?"

"사람이 다 똑같이 살 수 없다는 것을 백성들도 알아. 누구는 잘 살고 누구는 못 살고 할 수는 있어. 그리고 자신의 선택과 능력에 따라서 보상이 달라진다는 것도 알아. 문제는……."

"노력한 만큼 보상을 얻지 못했을 때입니까?"

"정확히는 성과를 냈음에도 보상을 얻지 못했을 때야.

평등한 기회가 주어지고, 주어진 기회를 활용할 수 있도록 최소한의 가르침이 주어져야 해. 그리고 공정한 경쟁이 이뤄져서 결과에 따라 적절한 보상이 주어진다면 개천에서 용 나는 일도 가능한 거야. 조선 글도 읽지 못하는 아비 아래에서 자식이 노력만으로 큰 인재가 될 수 있어. 그런 인재가 나와야 백성들이 더욱 열심히 해서 나라를 발전 시켜. 그것은 당연히 우리 모두를 위한 일이고 말이지."

"예. 형님."

"당나라가 돌아가는 꼴을 봤을 때는 그래. 그리고 이문을 취할 것은 취해야지. 안 그래도 네가 적절한 시기에 돌아왔어."

"상단에 지시하실 일이라도 있습니까?"

"명품을 만들 거야."

"예?"

"보통의 부호와 귀족들도 누리지 못할 호사를 말이야. 사람이란 자고로 남보다 높아지려는 본성을 가지고 있잖아. 그것이 엉뚱한 방향으로 쓰이면 악하게 쓰일 수 있지만, 적절히 다스리면 누군가에게는 좋은 동기가 될 수 있어. 중요한 것은 앞서 말한 것처럼 희망이 있어야 해. 바라는 가질 수 있다는 희망이 있으면, 어떤 특별함도 용납될 수 있어."

형의 말에 안련이 고개를 끄덕였다.

그리고 오성이 책 한 권을 안련에게 줬다.

안련이 책을 펼치자 어떠한 문양과 이름들이 안에 담겨 있음을 알게 됐다.

"이것은…….."

세 개의 별이 있었다.

그리고 한 입 베어 먹힌 사과와 금색의 별이 있었다.

혹은 말이 앞발을 들면서 울부짖는 문양도 있었다.

책을 펼친 안련이 눈을 키웠고, 동생에게 오성이 미소를 보이면서 이야기 했다.

"상호들을 만들어 봐. 사람들이 생각했을 때, 아~ 그거 ~! 하면 떠올릴 수 있는 상호를 말이야. 상호가 정립되면, 거기에서 나오는 것들에 대한 신뢰와 예우가 함께 더해질 거야."

형인 천군의 가르침을 안련이 받았다.

형이 한 말을 이해하면서 속으로 감탄을 일으키면서 이야기 했다.

"알겠습니다. 형님."

"가서 만들어 봐."

"예. 형님."

머릴 숙이면서 감사와 인사를 전했다.

그리고 별채에서 나와 상단으로 돌아갔으니, 오성이 대문까지 배웅해주면서 동생의 뒤를 살펴주었다.

그 후로 앞으로 있을 일을 기대했다.

여름이 지나가고 있었다.

청해 상단의 단주가 특별히 지시를 내리면서 상호들이 만들어졌다.

여인들이 쓰는 분에 금박이 씌워지면서 문양이 새겨졌다.

장인의 수공예로 만들어진 문양이었다.

그리고 분에 달콤하고도 향긋한 냄새가 은은하게 일어났다.

절친한 두 여인이 방에서 분에 대해 이야기했다.

"이게, 고려에서 온 새로운 분이야?"

"그렇다니까."

"정말로 값을 세 배나 줬어? 안 그래도 비싼데……."

"그 정도는 줘야 남들과 다른 분을 쓸 수 있으니까. 길 건너 판관님 댁의 설이가 나랑 사이가 얼마나 안 좋은지 알잖아. 그런데 나랑 똑같은 분을 쓰니까 짜증나서 미치겠어. 다른 여인들도 나와 똑같은 분을 쓰고 말이야. 아버지께서 장안에서 일하시는데 난 특별한 것을 써야 된다고 봐."

꼭 남들과 달라지기만을 원하는 것은 아니었다.

그만큼 값을 치러도 될 만큼의 가치가 있었다.

분을 산 여인이 자신의 소중한 친구에게만 이야기 했다.

"여기 분에 과일즙이 조금 들어갔대."

"정말?"

"그래서 사과 문양이 새겨져 있잖아. 이 분에 사과즙이 들어가서 향이 나는 걸 거야. 아무나 쓰지 못하는 특별한 분을 쓰는 거니까, 우리는 특별한 사람들이야."

함부로 자신이 남들에게 동등해질 수 없는 존재이기를 원했다.

고려에서 들인 보통의 분도 은관으로 값을 치러야 할 만큼 비쌌지만, 분 함 뚜껑에 사과 문양이 새겨진 분은 몇 곱절에 이를 정도로 매우 비쌌다.

때문에 돈 많은 부호나 고관의 여식이라도 함부로 '사과' 문양이 새겨진 분을 살 수 없었다.

그에 관한 이야기가 다시 백성들에게 알려졌다.

"우리에게 은관 하나면 1년 양식 걱정을 하지 않아도 되는데……."

"은관까지는 바라지도 않아. 철전 조각만 받아도 며칠 먹고 살 수 있는 양식을 살 수 있는데, 뭐 하는 짓인지 모르겠어."

"몸이 부서져라 일해도, 우린 굶을 것을 걱정하는데 대체 그년들은 뭐야?"

"수나라 시절에도 나라꼴이 말은 아니었지만 이 정도는 아니었어."

서로가 서로에게 마음에 쌓아 놓았던 원성을 전했다.

그중 울분에 찬 백성 하나가 친우들에게 이야기 했다.

"얼마 전에, 내 종질이 굶어서 죽었어. 그 어린 게 무슨 죄라고… 사과인지 뭔지 모르겠지만, 그거 살 돈이 있었다면 종질이 굶어 죽을 일은 없었을 거야. 이 주변 마을까지 전부 먹여 살릴 수 있었을 테니까… 어찌되었건 나라에 흉함이 찾아든 거야."

여름이 지나가는 시기였다.

하지만 추수 때는 아니었다.

백성이 궁핍해질 수 있는 시기는 추수가 이뤄지기 전이었고, 당의 모든 백성이 힘겨운 시기를 보내고 있었다.

그 와중에 호사를 누리는 존재들이 반드시 있었다.

백성이 그들의 존재를 알고 있었다.

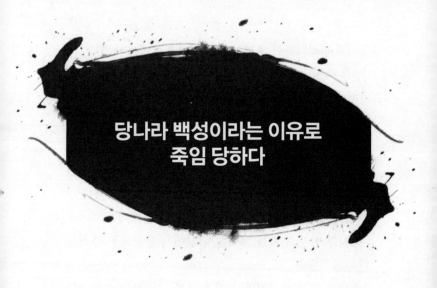

당나라 백성이라는 이유로
죽임 당하다

고려로 돌아와서 상단을 살피고 형으로부터 지시를 받았다.

할 일을 마친 안련이 다시 해남도로 향하였다.

그로부터 시간이 지나 형인 천군의 계획대로 여러 물건들이 만들어졌다.

장인들의 손을 거쳐서 금값이 된 물건들이 나라 밖으로 팔렸다.

그리고 일부 나라와 고려에서만 팔려야 되는 물건들이 있었으니, 그것은 전략물자로 분류 됐다.

함부로 수출이 될 수 없는 기물이었고, 다른 나라나 상인들에게 팔리더라도 조정의 허가를 반드시 받아야 했다.

믿을 수 있는 나라나 상단에게 팔아서 국익이 반드시 지켜져야 했다.

장인들의 손을 통해서 철 수레의 개량이 이뤄졌다.

남국에서 '고무'라 불리는 수액이 수입되었다.

고무에 갖은 기름이 더해지고 가열과 굳기가 이뤄지면서, 단단하면서도 탄성이 있는 재료가 만들어지게 됐다.

처음에는 철 수레바퀴 밖으로 감싸는 형태였다.

하지만 이젠 두께를 더하면서 땅에서 올라오는 충격을 더욱 줄여줬다.

바퀴를 붙잡는 장치와 수레 하부를 구성하는 부위에도 고무가 더해졌다.

하부 위로 설치되는 승차 부분에는 기름 먹은 고무가 좀 더 쓰였으니, 충격을 한 번 더 걸러내면서 위에 탄 사람이 기분 좋게 않을 수 있도록 만들어 줬다.

철 수레 하부 위로 장인들이 조각한 차체가 얹어졌다.

차체 겉면에 조각을 잘하는 장인들이 문양을 새겼고, 예쁜 색지가 창에 붙여지면서 수레 밖에서 사람들이 함부로 안을 살필 수 없게 만들었다.

사람이 타는 자리엔 가죽을 잘 다루는 장인이 손질하여 착석감을 높였다.

가죽 아래에 솜이 넣어져서 푹신했고, 등을 기대는 의자

의 각도가 기울여지면서 누구든지 편히 앉을 수 있게 됐
다.

그리고 목 받침대도 더해지면서 몇 시간 동안이나 편히
탈 수 있게 됐다.

그런 수레에 금칠이 더해지고 역청이 입혀졌으니, 누가
보더라도 그 수레는 매우 비싼 수레였다.

수레 겉면에 손바닥만한 크기의 문양이 새겨졌다.

그 문양에 갈기를 휘날리는 말이 앞발을 들고 있었다.

문양을 보면서 장인들이 이야기 했다.

"빠를쇠."

"빠르쉐 아닙니까?"

"누가?"

"누구긴 누구겠습니까. 저기 계신 분께서 말씀 하셨으니
까요."

"잉?"

"우의정 어르신께서 빠를쇠는 입에 달라붙지 않는다고
빠르쉐로 하기로 했다고 말씀하셨습니다. 대행수께서도
그렇게 알려주셨습니다."

장인들이 수레를 매만지면서 이야기 했다.

처음 철 수레의 이름은 '빠를쇠'였고, 다시 이름이 바뀌
면서 '빠르쉐'가 되었다.

바뀐 이름을 장인들이 다시 말하면서 입에 붙이려고 했다.

"빠를 쇠."

"빠르쉐. 뭔가 이쪽이 입에 더 잘 붙는데?"

"그러게 말야. 의미를 전하는 데에는 빠를 쇠가 더 정확하지만, 빠르쉐가 좀 더 특이해서 관심일 가는 것 같아. 물건을 팔려면 일단 관심부터 받아야 해."

"훨씬 빠르고 안정적으로 달릴 수 있는 최고의 수레야."

"참으로 귀하신 분들이 탈 수 있어야 해!"

"그런 수레를 만들 수 있는 우리가 최고의 장인들이야!"

"그래! 맞아!"

장인들이 자부심을 가지고 있었다.

다름이 아니라 그들이 만드는 '빠르쉐'라 불리는 수레는 고려 태왕실에서 쓰게 될 수레였다.

동시에 조정에서 대신들을 태우거나 나라 밖에서 귀빈이 오면 태울 수 있는 수레였다.

빠르쉐를 끌고서 달리는 말들도 특별히 엄선 된 말로만 끌 수 있었다.

최고의 속도로 안정적으로 달릴 수 있었다.

그리고 묵직하면서도 화려한 아름다움이 있었다.

다른 수레와 다르게 품격이 있었고, 그런 수레를 누군가 사기 위해서는 금덩이나 수 백원 이상을 가지고 와야 했다.

그러고도 함부로 살 수 없었다.

장인들이 빠르쉐를 만드는 공장에서 오성이 시찰하는 가운데, 그를 부영이 안내하고 보좌했다.

　안련을 대신하는 부영에게 오성이 물었다.

　"팔아달라는 요성이 많이 들어왔지?"

　"예. 어르신."

　"한 달에 몇 대씩 만들 수 있어?"

　"10대 정도 겨우 만듭니다."

　"엄청 더디네."

　"그만큼 장인들이 공을 많이 들입니다. 솔직히 기본이 되는 철 수레를 얼마든지 만들 수 있지만, 착석이 되는 자리만큼은 최고의 재료와 기예로서 제작합니다. 차체 밖으로도 역청을 바를 때 고르게 바르려고 시간을 아끼지 않습니다."

　"하긴, 떡칠해서 울퉁불퉁한 것보다는 낫겠지."

　"모든 면에서 최고로 만들려고 합니다. 때문에 제작되는데, 수도 한정적입니다."

　부영의 이야기를 듣고 오성이 고개를 끄덕였다.

　그리고 안련과 이야기했던 바를 알렸다.

　"알고 있겠지만, 선착순 대로 팔아서는 안 돼."

　"예. 어르신."

　"값은 얼마든지 올려도 돼. 100원 값을 지불할 수 있는 사람은 1000원도 지불할 수 있으니까. 다만 저런 수레를 타는 사람이 악덕 상인이거나 지주, 부패한 관리라면, 열심히 살아가는 백성의 반감만 들 수 있어. 그러니 오직 백성들이 인정해주는 사람들만 저 수레에 탈 수 있게 해야 돼."

"알겠습니다."

"그래야 백성들도 저 수레를 타기 위해서 노력하게 될 거야."

빠르쉐를 타기 위해서는 반드시 자격을 갖춰야 했다.

그런 자격을 갖추기 위해서는 백성들의 인정을 반드시 받아야 했다.

백성이 인정해주는 위인만이 모든 것을 누릴 수 있었다.

때문에 오히려 욕심을 절제해야 했다.

그리고 나라와 백성을 위해야 했다.

상단의 이문을 취하고 재산을 늘리더라도 공익을 추구해야 했다.

그런 길을 오성이 과거 사람들에게 알려주려 했다.

천군의 가르침을 부영과 백성들이 받았다.

그렇게 빠르쉐 공장 시찰이 거의 마칠 때였다.

부영이 준비했던 공문을 오성에게로 올렸다.

"첩보야?"

보고문을 받은 오성이 부영에게 물었고 대답을 들었다.

"멀리서 온 첩보입니다."

"멀리서 왔다고?"

"토번에서 들어온 소식을 정리한 것입니다. 첩보라고 하기엔 교역을 하기 위해서 다니는 상인들이 많이 알고 있습니다. 때문에 숨겨서 보고를 올릴 일도 아닙니다. 고려에 좋은 소식인 것 같아서 이렇게 드립니다."

부영의 이야기를 들으면서 오성이 첩지를 받았다.

받은 첩지의 끈을 풀었고, 안에 담겨 있는 내용을 읽기 시작했다.

부영이 좋은 소식이라고 말했기에 기대감을 가졌다.

위에서부터 아래로 천천히 읽다가 피식 웃어버렸다.

"환영받지 못하는 사람들이 되었군."

"예. 어르신."

"모든 게 불의에 복종한 결과로 자초한 일이야."

인과응보라 말할 수 있는 일이 첩보문에 담겨 있었다.

그 일은 한 달도 더 전에 있었던 지난 일이었고, 수단과 방법을 가리지 않는 태후의 정치로 인해 당나라 백성들이 피해를 입은 일이었다.

그러나 타의로도 불의에 복종하는 일은 죄인이 되는 일이었다.

대만에서 있었던 동맹회의 회의 결과가 토번 백성들에게도 알려지게 됐다.

회의 전문이 백성들에게 공개되었고, 백성들은 당나라

를 꺾은 고려와 함께 한다는 사실에 안도감을 가졌다.

그리고 고려와 당나라를 비교하기 시작했다.

"역시, 고려가 다르기는 달라."

"그러게 말야."

"상국이니 신하국이니, 이런 게 없잖아. 우리가 어떤 나라의 간섭도 받을 이유가 없다고 못을 박았어. 거기에다 역사와 전통이 존중받아야 된다고 쓰여 있잖아."

"굳이 다른 나라 방식을 따를 필요는 없는 거야. 우린 우리 방식대로 살면 돼. 그러다가 나은 것을 찾았을 때 바꾸면 되고 말야."

"맞아."

"정말 옳은 말만 조약문에 쓰여 있어. 역시, 고려는 당나라와 달라."

관아 게시판 앞에 모인 토번 백성들이 서로 이야기 했다.

동맹들을 만나서 논의하고 약조를 맺는다고 했을 때 어떤 약속을 맺게 될 지 한껏 기대했다.

그리고 강국이 된 고려에 끌려가는 것은 아닌지 걱정하기도 했었다.

하지만 그런 걱정들은 전부 기우였다.

마땅히 지켜야 할 일들과 균형들이 조약문 곳곳에 쓰여 있었다.

동맹들이 힘을 합하여 정의를 이루고자 했다.

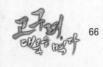

그런 상황 속에서 당나라와 고려 사이에서 있었던 일이 토번 백성들에게도 알려지기 시작했다.

그것은 조약문에 쓰여 있는 내용에 관한 것이기도 했다.

"고려의 역사가 자기네 것이라고 했다면서?"

"그렇다니까."

"이유가 뭐야?"

"당나라 이전에 황하에서 세워졌던 나라들 중에 한이라는 나라가 있었나 봐. 그 나라가 조선을 멸망시켰는데, 조선 백성들이 다시 한나라를 물리치고 고려를 세웠거든. 그런데 조선 왕족들을 한나라가 압송하는 바람에…….."

"설마 왕족을 데려갔다고 자신들의 역사라고 주장한 거야?"

"그래. 맞아. 고려가 조선의 영토를 다시 회복 했는데도 말이지."

"아니, 그런 식의 논리면 우리는 뭐야? 우리 역사도 자기네 것이라는 거 아냐?"

"그런 적은 없지만 충분히 그럴 수 있어. 그래서 나오는 말이 고려를 상대로 망발을 저질렀으니까 우릴 상대로도 얼마든지 그럴 수 있다는 말이 나오고 있어. 심지어 당 황실은 선비 족속인데 말이야. 선비는 조선에서 난 유민 족속 중에서 하나야."

지식이 해박한 한 백성이 풀어서 이야기 했다.

그의 이야기를 듣던 다른 백성들이 팔짱을 끼면서 미간을 좁혔다.

고려가 당나라로부터 당한 억울한 일에 대해서 들었고, 이내 곧 자신들에게도 해당될 수 있는 일이라고 여겼다.

이를 갈면서 당나라의 만행에 대신 분노했다.

"썩을 놈들!"

"정말 오만한 놈들이야!"

"놈들이 자기네 땅을 뭐라고 하는지 알아?"

"뭐라고 하는데?"

"중원이야, 중원! 그냥 평원 중앙이라는 뜻이 아니라, 세상의 중심이라는 뜻이야! 그러니까 수시로 중국이라고 망발을 지껄이지!"

"당 황실이 문제가 아니라, 그 땅에 세워진 나라들이 문제야! 선비족이고 나발이고 간에, 어떤 족속이 그 땅에 나라를 세우던 세상 모든 게 자기들 거라고 주장할 거야. 정작 백성들은 한나라 때부터 이어지던 백성들인데 말이야!"

"한나라 백성들이 황제에게 세상의 중심이라고 말하는 것을 요구하는 거야!"

"맞아!"

실제로 한나라 백성들의 후손들인 당나라 백성들을 직접 만난 적은 없었다.

하지만 세상에 놓여 있는 결과물들이 있었고, 그것을 보면서 판단할 수 있었다.

당나라 백성들이 오만한 것으로써 결론을 내렸다.

아니라고 생각하는 사람들도 있었지만 소수였다.

이미 고려의 것이 자신들의 것이라고 주장한 황실에 당나라 백성들이 동조했다고 생각했다.

그렇게 소문들이 퍼지고 있었다.

그때 수레 소리가 일어나면서 백성들이 돌아봤으니, 수레를 끄는 이의 복장이 자신들과 다르다는 것을 알게 됐다.

이내 그가 수레를 세웠고 자리를 깔았다.

그리고 어색한 토번 말로 크게 외치기 시작했다.

"와서 보시오! 고려에서 들인 분과 삼들이 있소! 여인의 피부를 밝게 해주고, 죽어가는 사람도 다시 살려내는 명약이오! 와서 보시오!"

당나라 사람 특유의 억양이 외침에 실려 있었다.

그의 외침을 들은 토번 남자들이 인상을 쓰면서 천천히 걸음을 옮겼다.

그리고 그들이 상인 앞으로 몰려가자, 상인이 이 사람 저 사람을 보면서 흠칫하게 됐다.

불길한 기분이 들면서 등골이 서늘해지고 있었다.

그런 상인에게 한 토번 남자가 물었다.

"야. 이게 다 고려에서 왔어?

"그…그렇소…….

"그러면 당나라에서 온 것과 다를 바가 없겠네?"

고려와 당나라를 동일시하면서 물었다.

남자의 물음에 상인이 눈치를 살피다가 어렵사리 대답했다.

"맞소. 당나라에서 왔소."

"고려의 역사가 당나라 역사니까?"

"오? 어떻게 알았소? 고려는 우리와 본래 한나라요. 한나라 때 하나로 합쳐졌으니까 말이오. 지금은 나뉘어져서 다투고 있지만 언젠가 다시 한 나라가 될 거요."

관아에서 가르쳐준 대로 이야기 했다.

그 말을 들은 토번 남자들이 서로를 보면서 웃었다.

그리고 상인도 눈치를 살피다가 웃었다.

별 일 없을 거라고 생각했다.

또한 고려 삼을 구경하고 소문낼 것이라고 생각했다.

당장 그들이 사지는 못하더라도 돈 많은 토번 귀족이 와서 물건들을 살 것이라고 생각했다.

그런 상인을 남자들이 싸늘하게 쳐다봤다.

"이 새끼, 죽여!"

"……?!"

남자들이 한 순간에 달려들자 상인이 놀라면서 쓰러졌다.

쓰러진 상인에게 주먹질이 날아들었다.

"커헉! 으윽! 왜…왜 이러시오?! 억!"

머리로 발차기가 이뤄지면서 목이 꺾였다.

목뼈가 부러지면서 사지 경기가 일어나게 됐다.

하지만 토번 남자들의 폭행이 멈추지 않았다.

마치 그의 온몸이 부서지길 바라는 듯했다.

"우리 역사도 고려에게 했듯이 어디 훔쳐 봐! 개자식!"

"고려에서 들였다는 것에 독이 들어 있는 것을 모를 줄
알아?! 네놈들은 한 사람도 빠짐없이 사기꾼이야!"

"여기가 어디라고 감히 찾아와?!"

"썩을 화하족 놈들! 칵! 퉤!"

죽은 상인에게 침을 뱉으면서까지 모욕을 줬다.

갑작스런 소란에 장마당이 시끄러워졌다.

그리고 토번 관리와 병사들이 몰려왔다.

상인을 죽인 자들에게 나름 책임을 물으려고 했다.

그러한 일이 토번뿐 아니라 다른 곳에서도 일어났다.

그리고 세상에 알려지기 시작했다.

토번에서 일어났던 소식이 장안에도 알려졌다.

초심을 찾으려고 하다

이웃한 나라 중에서는 그나마 장안에서 멀지 않은 나라였다.

중간에 토욕혼이라 불리는 이민 족속의 나라가 있었지만, 강성했던 시절도 지난 일이었고, 통일된 중원의 힘과 강성해진 토번의 공세로 인해서 그 위세가 많이 약화되어 있었다.

앞으로 수년 안에 멸해질 것이라고 보는 것이 대다수 사람들의 판단이었다.

그런 토욕혼이 더 이상 장안 서쪽을 어지럽히지 못했다.

수레에 교역품을 실은 상인이 오가기 시작했고, 비록 토

번이 고려의 동맹국이 되었지만 상인이 오가는 것을 막을
만큼 멍청하지도 않았다.

나라에 부를 안겨주는 어떠한 것도 받을 수 있었다.

또한 어떠한 이야기도 받을 수 있었다.

고려와 함께 오직 진실만을 알리기로 했다.

백성으로부터 신뢰를 받아 위엄을 얻는 길을 택했다.

그런 토번으로 대당국 상인들이 향했다.

몇몇 상인들이 토번 백성들에게 폭행을 당했다.

그리고 한 상인이 처참하게 목숨을 잃었다.

그 사실이 무조에게 전해졌다.

정후전에서 보고를 전해 들은 무조가 미간을 좁히면서
유인궤에게 물었다.

"서융이 우리 상인에게 몰매를 가했다고? 그리고 죽임
을 당해?"

"예. 태후마마."

"오랑캐가 미쳤나 보군! 감히 대당국 백성을 상대로 강
도짓을 벌이다니……! 대체 호위무사들은 무엇을 했단 말
인가?!"

보고를 들은 무조가 날카로운 목소리로 물었다.

상인이 폭행을 당하고 죽은 이유가 그저 미개한 오랑캐
들의 도적질 때문이라고 생각했다.

그리고 호위무사들이 없었는지 물었다.

태후의 물음에 유인궤가 차분한 목소리로 대답했다.

"가난한 상인들이었습니다."

"가난하다고?"

"호위무사를 고용할 정도로 재정이 넉넉한 상단은 고려와의 교역에 집중하고 있습니다. 반면에 가난한 상인들은 국내 여기저기를 돌다가……."

"서융으로 간다는 말이오?"

"그나마 갈 수 있는 곳이 토번입니다. 그리고 근자에 나라 안에서 고려 것이라고 하면 팔리지 않습니다. 이미 많은 백성들이 고려에서 왔다는 말만 듣고 물건을 샀다가 해를 입어서 더 이상 사지 않습니다. 토번에 가서 고려에서 온 물건이라고 속여 팔려 했던 듯합니다. 그리고 물건을 훔치기 위해서 대당국 상인들을 폭행한 것이 아닙니다."

유인궤의 설명에 태후가 의문을 나타내면서 몸을 앞쪽으로 내밀었다.

"상품을 훔치려한 것이 아니라면, 뭣 때문에 대당국 백성을 때리고 해친 것이오?"

그녀의 물음에 유인궤가 바로 대답하지 않았다.

뭔가 고민하는 것 같았다.

하지만 그리 길지 않았다.

이내 입술을 떼면서 접하게 된 소식을 가감 없이 알려줬다.

74

"역사를 빼앗는다는 이유로 폭행했습니다."

"역사를 빼앗는다고?"

"고려에서 황제 폐하와 태후마마께서 조선에 관한 역사를 빼앗아갔다고 주장하면서……."

"……."

"주변 나라들에게 똑같은 일이 벌어질 것이라고 사신을 보냈습니다. 그리고 몇 달 전에 대만에서 고려 동맹의 사신들이 모였습니다. 사신 중에는 천군도 함께 하였고, 그들이 맺은 약조문도 백성들에게 알려졌습니다. 여기 약조문의 담겨 있습니다. 살펴 봐 주시기 바랍니다."

미리 유인궤가 첩지를 준비했다.

그 첩지의 정체를 무조가 깨달았고, 유인궤로부터 넘겨받았다.

받은 첩지를 펼쳐서 안에 담겨있는 글을 천천히 읽기 시작했다.

담겨 있는 내용은 토번 백성들에게 알려진 조약문의 전문이었다.

그리고 한문으로 번역되어 있었다.

조약문 전체를 읽고 무조가 눈살을 찌푸리면서 첩지를 구겼다.

"과민반응 하는군. 조선을 대당국의 역사로 만들었다고 해서 고려를 공격할 것도 아닌데도 말이오."

"당장은 아니더라도 전쟁의 명분이 될 것이라고 판단하는 것 같습니다."

"정말로 전쟁을 치를 거면, 그딴 오랑캐의 역사 따위는 필요 없소. 황상에게 오만불손한 것 하나로도 족하니까. 하지만 치욕이라면 치욕일 거요. 감히 독립국을 운운하며 황상의 통치를 부정했으니까 말이오. 그러니, 조약에 가담한 나라들을 반드시 진멸할 거요."

낮은 음성으로 무조가 분노를 토했다.

그리고 유인궤에게 약속했으니 황제의 통치를 거부하는 나라와 족속들을 반드시 멸하고자 했다.

그렇게 해야 황실의 위대함이 실현될 수 있었다.

황실을 위하는 것은 황제를 위한 것이었다.

황제를 위하는 것은 태후로서의 의무이자 권력을 쥘 수 있는 유일한 명분이었다.

황제를 위할 수 없는 현실이 펼쳐지면 권력도 잃고 모든 것을 잃을 수 있었다.

하지만 당장 할 수 있는 일이 아니었다.

그때까지 쓴 물을 삼키면서 인내코자 했다.

그녀가 다시 유인궤에게 말했다.

"이 나라가 모욕 받고 해를 입더라도 교역로를 계속 여시오. 밖으로 상인을 보내고 안으로 들이시오. 그래야 짐승 같은 고려 놈들을 따라잡을 수 있소. 놈들을 토벌하는 대업을 이루기 위해서 앞으로도 계속 인내할 거요. 다만 황상의 권위를 해치는 것들만을 지우시오.”

그녀의 지시를 유인궤가 받들었다.

“황명을 받들겠습니다. 태후마마.”

와신상담이었다.

그 길만이 대당국을 다시 위대하게 만들 수 있었다.

그리고 반드시 살아남는 길이었다.

그렇게 무조가 믿고 있었고 유인궤와 그녀의 신하들이 함께했다.

태후의 선택과 황제를 대리하는 명으로 백성들이 무지함에 빠져들었다.

진실을 알지 못하고 거짓에 의식이 잠기려 했으니, 그러한 재앙을 반드시 막고자 하는 사람들이 어둠 속에 숨어 있었다.

해 뜨기 전의 밤이 가장 어두운 법이었다.

장안과 낙양, 정주에서 그리 멀지 않은 곳이었다.

황도였었던 적은 없었지만 역사적으로 언제나 중요한 요충지였다.

때문에 사람들이 많았고, 그래서 누가 누구인지 알아보기도 힘들었다.

외지인이 당연히 존재했고 그리 큰 관심을 보일 수가 없었다.

그리고 고을과 성 밖에서 들려오는 이야기들도 많았다.

어둠이 짙게 깔린 밤에 한 가옥이었다.

창문마저 천으로 가려서 방안에 켜진 등불을 가리려 했다.

오직 등불 앞에 모인 사람들의 얼굴만이 밝혀졌다.

그들은 식자들이었고, 학문을 연구하는 것에 뜻을 가지고 있는 사람들이었다.

그리고 백성들을 위하려는 사람들이었다.

잠시 후, 문이 열리면서 어떠한 인물들이 안으로 들어섰다.

안으로 들어와서 모자를 벗자 주름진 얼굴과 하얀 백발이 드러났다.

경륜과 연륜이 함께 묻어나는 두 사람 앞에 그들보다는 조금 젊은 자가 와서 두 손을 모아 인사했고 머릴 숙였다.

그에게 이적과 함께 들어온 장손무기가 물었다.

"제자들은 모였소?"

"전부 모였습니다."

"많지 않군……."

"전에 상서좌복야 어르신께서 대역 죄인으로 몰리시는 바람에……."

"……."

"많은 제자들이 죽었지만 살아남은 제자들도 많습니다. 지금 이 자리에는 전부이지만 남양 밖으로 연을 맺고 있는 제자나 학자들도 많습니다. 반드시 거짓을 걷어내고 진실을 구할 것입니다."

불혹을 넘긴 학자였다.

그리고 학자들과 자주 교류했던 장손무기와 안면이 있는 사람이었다.

딱 한 번 만났지만 그에 대한 이야기를 자주 들었었다.

불의가 아닌 정의를 구하고 어떠한 현상에 대해서도 곧이곧대로 믿지 않는 사람이었다.

몇 번이나 검증에 검증을 더해서 진실이라는 것을 깨달았을 때, 확신을 가지고 자신의 제자들을 가르치는 사람이었다.

때문에 높은 관직에도 오르지 못하는 사람이었다.

하지만 바른 세상을 세우기 위해서는 반드시 필요한 인물이었다.

'정휴'라는 이름을 가진 학자였고 그의 제자들을 장손무기와 이적을 만났다.

두 사람이 방으로 들어오자 제자들의 시선이 향하면서 갖은 생각들이 일어났다.

'대역 죄인이다…….'

'하지만 이적 어르신과 함께 하신다.'

'그렇다면 소문대로 태후마마께서 역적으로 모셨단 말인가?'

'그렇지 않고선 이적 어르신께서 함께 하실 리가…….'

혼자서 왔다면 그저 대역 죄인으로만 생각했을 일이었다.

하지만 그는 언제나 고려를 상대로 싸웠었던 충신과 함께 하고 있었다.

때문에 황실과 조정에서 주장한 바를 온전히 믿을 수 없었다.

이적의 충성심만큼은 어느 누구도 의심할 수 없었다.

그럼에도 의문점은 있었고, 인사를 마친 정휴의 제자 중 한 사람이 목소리를 내었다.

"저… 송구합니다만, 질문이 있습니다……."

스승과 마찬가지로 궁금한 것이 있다면 반드시 풀어야 했다.

"물어볼 것이 뭔가?"

장손무기가 묻자 제자가 이적을 바라보면서 질문했다.

"고려에 사로잡히신 것으로 알고 있습니다."

"…….."

"어르신은 저희들에게 영웅이시지만, 고려에게는 그저 적장일 것입니다. 죽이신 고려 군사들도 분명히 있으실 것이온데, 고려에 계시지 않고 어떻게 이곳에 오신 것인지 알 수 없습니다. 저희들이 이해될 수 있도록 말씀해주실 수 있으신지요? 어떤 오해도 없이 제대로 알고 싶습니다."

한 제자의 질문이 모든 제자의 질문이었다.

이미 세상에 보여준 충성심과 의기와는 별개로 받아들일 수 없는 현실에 대해서 설명해줘야 했다.

그리고 본인이 나서서 설명해야 했다.

이적이 직접 질문을 한 제자에게 알려줬다.

"중원으로 돌아가겠다고 고려에 요청했기 때문이다."

"요청을 말씀입니까?"

"고려에서 머무는 동안 이곳에서 어떤 일이 일어나는지를 들었기 때문이다. 너희들도 알고 있겠지만, 대당국은 세상의 중심이 아니다."

"……."

"북평과 금릉의 해 높이가 다르다. 이는 땅이 둥근 것을 뜻하고 중원이 더 이상 세상의 중심이 아니라는 사실의 근거가 된다. 그리고 이 땅이 자전하고 해를 중심으로 돈다. 달이 이 땅을 중심으로 돌면서……."

"모양이 바뀌는 것입니까?"

"받은 햇빛을 반사시키면서 변하는 것이니까."

"……."

"그리고 해 높이에 따라 해가 떠 있는 시간이 달라서, 세상의 따뜻함이 얼마나 충만 하느냐에 따라 계절이 달라진다. 해와 달의 궤적이 같지만 속도가 달라 일식과 월식이 일어나고, 낙양에서 일어났었던 일실을 선제께서 덕으로 물리치셨다고 말했다. 그런데 고려에서는 어떻게 했었는지 아는가?"

다른 제자가 물었다.

"어찌 했습니까?"

장손무기가 대답했다.

"어차피 물러날 일식이기에 축제를 벌였네. 고려에서는 일식이 두려워 할 일도, 흉한 일도 아니네. 그저 정기적으로 찾아드는 하늘의 현상일 뿐이니. 마치 달이 모양을 바꿔가는 것처럼 말일세."

"……."

"그런 진실이 이 땅에 알려질까 두려우셔서 백성들을 죄인으로 몰아서 죽이셨네. 선제께서 말일세."

"……?!"

"천자의 칭호를 쓰시면서 하늘로부터 정통성을 구하려 하셨지만, 결코 하늘과는 관계가 없네. 대당국 황실은 오직 백성의 존경으로서만 정통을 구할 수 있네. 백성들이 믿어줬기에 창건될 수 있었네. 그 사실이 잊어졌기에 다시 깨우치기 위해서 우리가 온 것일세."

품에 있던 작은 해시계를 꺼냈다.

하나는 평양이었고, 다른 하나는 장안이었다.

그리고 제자 중 한 사람이 품에서 해시계를 꺼내서 보여 줬다.

"저희들도 그 사실만큼은 알고 있습니다."

북평과 금릉, 남양의 해시계였다.

고려에서 만들어진 것이었지만, 의심할 필요가 없을 정도로 정확한 시계였다.

이미 하늘의 이치를 제자들이 깨우쳤다.

그런 정휴의 제자들에게 장손무기가 가르침을 전했다.

"군주의 정통성을 하늘로부터 구하려 하기 때문에 다른 나라와 싸우는 것일세. 하지만 백성들로부터 정통성을 구한다면, 이웃 나라들과 함께 백성을 위해서 힘 쓸 수 있네. 고려가 바로 그런 나라일세."

틀어진 수레의 기수를 돌리려고 했다.

수레 위에 백성들의 운명이 실려 있었고, 바른 길로 인도해서 정의와 명예를 지키고자 했다.

후손들을 위해 역사를 새로이 쓰고자 했다.

잠들어 있던 대의가 꿈틀거리기 시작했다.

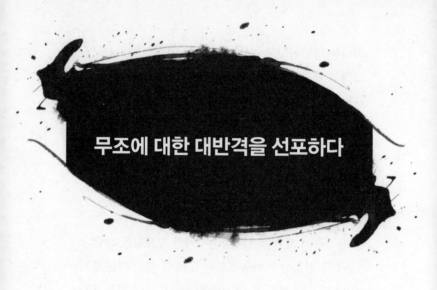

무조에 대한 대반격을 선포하다

모든 것이 태후와 연결되어 있었다.

'일식의 진실이 알려졌을 때, 간자로 내몰아 처벌하라는 것도 태후가 말했네.'

'태후마마께서 말씀입니까……?'

'그것뿐만이 아닐세. 자네들이 생각하기에 선제께서 진 랍을 토벌하려고 하셨을 때, 과연 상서좌복야와 하남군공 이 고려에 소식을 알렸겠나?'

'알리시지 않았을 겁니다. 두 분은 그렇게 하실 분이 절 대 아닙니다.'

'그럼에도 두 사람을 대역 죄인으로 몰았네. 선제가 아닌

백성들 편에 서서 이야기 한다는 이유로서 말이야……'

'……'

'선제 편이 아니기에 고려의 간자일 수도 있다는 논리로 폐하를 부추겼네.'

고려에서 접한 이야기들을 알려줬다.

그리고 이미 정휴의 제자들도 나라 곳곳에서 들었던 이야기였다.

고려에 간자로 몰린 자가 전부 태후의 정적이었다.

태후가 황후 위에 오를 때 반대했던 인물들이었다.

또한 황후가 되었었던 태후의 권력을 견제했던 대신들이었다.

그들이 전부 역적으로 몰려서 죽었고, 그들과 관련된 학자와 상인, 백성들까지 전부 휘말리면서 피바람이 불었다.

그러한 날들을 제자들이 되짚었다.

이를 갈면서 태후에 대한 분노를 표출했다.

'절대로 진실을 숨기지 않을 겁니다.'

'분명 이 나라의 주인은 황제 폐하이십니다. 하지만 그 전에 백성들을 위하셨습니다.'

'대당국은 백성들을 위해서 세워진 나라입니다.'

모든 정의가 사라졌다.

오직 수단과 방법을 가리지 않고 권력을 지키기 위해서

피를 뿌릴 뿐이었다.

그러한 태후와 그녀에게 힘을 더하는 세력들을 무너뜨리고자 했다.

하늘의 이치를 깨우쳤고 은밀히 천하에 진실을 알리고자 했다.

남양의 한 가옥에서 결의가 세워졌다.

정휴와 제자들과 헤어진 뒤 고려 요원들과 함께 움직였다.

남양에서 벗어난 뒤 한적한 마을의 뒷산으로 향했다.

길이 있는지 없는지도 모를 깊은 숲이었다.

깊은 산 숲 중앙에 오두막이 있었고, 그곳은 사람들이 함부로 접근할 수 없는 곳이었다.

길을 모르는 사람이 오두막을 보았을 때면 이미 길을 잃고 난 후였다.

산에서 벗어나기 힘든 깊은 곳이었다.

그곳에서 장손무기와 이적이 무사하길 원했던 사람을 만나게 됐다.

요원들이 보호하고 있던 저수량을 만났다.

"어르신."

"하남군공… 무사했는가."

"예. 어르신."

"참으로 다행일세. 참으로 다행일세……."

군주를 받들면서 함께 백성을 위해서 싸웠던 동지였다.

그런 동지가 오직 저수량 한 사람만이 살아남았다.

나머지 동지들과 그들의 식솔은 역적으로 몰려서 죽임을 당했다.

슬픔과 감사함이 마음에 뒤섞이면서 휘몰아쳤다.

백발노인이 고개를 푹 숙이고 눈물을 떨어트렸다.

"크흐흑… 흐흑……."

"어르신……."

장손무기를 보고 저수량도 눈물을 흘렸다.

따라 이적도 얼굴을 적셨으니, 그들이 나라의 전부라 여겨졌다.

가슴에 큰 구멍이 생긴 것 같은 느낌을 받았다.

그럼에도 서로 손을 잡고 등을 어루만지면서 다행이라고 생각했다.

오두막 쪽에 사람들이 서 있었고, 그들이 저수량의 식구들이라는 것을 알았다.

친가와 외가, 처가의 사람들이 전부 살았다.

그들을 살린 자가 고려 요원이라는 것을 알고 있었다.

장손무기가 자신과 이적을 안내해 준 요원에게 이야기했다.

"참으로 고맙소. 비록 상서좌복야를 구하지 못했지만,

이렇게 하남군공과 식구들만이라도 살려주었소. 이제 온 힘을 다해서 태후에게 맞설 수 있을 것 같소. 참으로 고맙소……."

단 한 명의 동지였지만 그와 식구들을 구해준 사실이 너무나 고마웠다.

함께 태후에게 맞서고자 했다.

그녀의 모든 것을 무너뜨려야 했다.

그래야 백성들을 구하고 이웃 나라와 족속들과의 전쟁을 막을 수 있었다.

장손무기의 감사와 의지를 들은 요원이 천군의 계획을 알려줬다.

"우의정 어르신께서 하신 말씀이 있으셨소."

"천군이 말인가?"

"이제 세 분이 힘을 합칠 수 있게 되었으니, 본격적으로 태후에게 공격을 가할 것이오. 태후가 썼던 방식 그 이상으로써 말이오."

"……."

"태후에 대한 민심이 무너지면, 세 분이 백성들을 수습해야 될 거요."

요원의 이야기를 듣고 서로 눈치를 살폈다.

그리고 이적이 나서서 두 사람 대신 요원에게 물었다.

"태후가 썼던 방식 이상이라면, 어떻게 말인가? 조금 자

88

세히 알려줄 수 있나?"

이적의 물음에 요원이 대답했다.

"진범을 밝힐 것이오."

"진범을 밝힌다고?"

"우리 편에 섰었던 진짜 첩보원을 말이오. 당에서는 아마도 간자로 불렀을 것이오. 상서좌복야에게 뒤집어 씌워진 불명예를 거둘 것이오."

요원의 답변을 듣고 이적이 곰곰이 생각했다.

그리고 무엇을 꾸미는지 깨달았다.

눈이 번쩍 뜨이면서 잔뜩 커졌다.

등골이 서늘해졌고 손끝까지 떨림이 일어났다.

장손무기가 요원에게 물었다.

"설마 그것으로 시작이오……?"

요원이 대답했다.

"시작이오. 태후의 무릎이 꿇릴 때까지 공격이 끝나지 않을 거요. 어쩌면 이 땅과 백성을 갈아엎을 수도 있소."

모든 오만과 교만을 무너뜨리려고 했다.

또한 여태 대국을 바로 세우던 관념마저도 무너지려 했다.

그것을 무너뜨리지 않고 백성을 구할 수 있는 길은 없었다.

경험해본 적 없는 세상이 펼쳐지려 했다.

누구도 걸어본 적 없는 길을 백성과 함께 걸어야 했다.

오직 고려의 천군만이 그 길의 끝에 무엇이 있는지를 알았다.

함께 새로운 역사를 세우고자 했다.

잔잔한 수면 아래에서 물길이 일어나듯 고요한 민심에 소용돌이가 일어나려고 했다.

회오리가 되어 모든 것을 휩쓸기 위해서는 다소 시간이 필요했다.

그 사이 나라 밖에서 바람이 불었다.

그것은 스스로에 대한 자부심과 민족에 대한 소속감이었다.

자신들의 이야기를 세상에 널리 알리고 싶었다.

고려에서 금속으로 된 활자를 활용하고 있었다.

"보면 알겠지만, 이렇게 활자를 찌운 판을 종이 위에 찍으면, 활자판과 정 반대의 형태로 글이 새겨지게 되오. 때문에 활자를 제작할 때는…….."

"미리 반대로 찍히게 되는 것을 예상해야 된다는 뜻이오?"

"맞소. 그래야 바로 인쇄 될 수 있으니 말이오. 그리고 활자를 제작할 때 똑같은 글자를 충분히 만들어 둬야 하오. 한 장에 똑같은 글자가 수없이 들어갈 수 있으니 말이오.

90

그러니 출판에 자원이 적게 들어가는 것이 아니요. 하지만 우리가 도와줄 것이오."

과학기술부사인 진하가 고려를 방문한 사절단을 가르쳤다.

그의 가르침을 얻는 사절은 공작과 기예에 능한 장인들이었고, 학문에 관심이 많은 학자들이었다.

금속으로 활자를 만들어 대량의 책을 출판하는 고려의 기예를 배우고자 했다.

그리고 고려처럼 상단을 활용해 출판을 벌일 수 있기를 원했다.

책을 통해서 지혜와 지식을 전수할 수 있었고, 후손들에게 역사와 전통을 가르칠 수도 있었다.

아이누와 진랍과 스리비자야의 장인들이 역관의 통역을 들으면서 진하의 가르침을 받았다.

"처음에 활자를 만들 때는 그저 세공하듯이 철 덩어리를 깎았소. 하지만, 이내 그렇게 할 필요가 없다는 것을 알았고, 형틀이 있으면 활자도 똑같이 만들 수 있다는 것을 알았소."

"어떻게 형틀을 제작했소?"

"진흙이오."

"진흙?"

"모래가 고운 진흙을 통에 가득 채워서, 똑같은 모양과 크기의 활자를 만들 수 있도록 진흙을 파내는 것이오. 그 위로 쇳물을 부으면, 진흙의 물기가 접촉하는 쇳물을 식혀서 활자의 형태를 잡을 수 있소. 그 후에 식혀서 약간의 손질만 더하면 규격화 된 활자를 어렵지 않게 만들 수 있소. 방법들을 알려줄 테니 돌아가서 유용하게 제작하시오."

쉽게 금속 활자를 만들어내는 방법을 배웠다.

진흙을 통해 활자를 대량으로 만들어내는 기법이 획기적이었다.

활자가 많아지면 그만큼 인쇄물의 양도 늘어날 수 있었다.

그리고 가르침을 얻는 백성들의 수도 늘어날 수밖에 없었다.

스리비자야의 사신이 환하게 웃으면서 감사를 전했다.

"참으로 고맙소. 당나라 같으면 이런 기예를 알려주지 않았을 텐데. 고려가 우리의 동맹이라는 점이 고맙고 자랑스럽소."

통역으로 감사를 듣고 진하가 미소 지었다.

그리고 진정 고마움을 받아야 할 사람이 따로 있음을 알려줬다.

"태왕 폐하께서 명을 내려주셨소."

"알고 있소. 폐하께도 감사의 뜻을 전해드리오."

"그리고 우의정 어르신께서 이런 기예를 널리 알리셔야

92

된다고 폐하께 주청을 올리셨소. 함께 미래를 나눠가져서 우의를 도모해야 된다고 말씀하셨소. 그러니 내가 아니라, 폐하와 어르신께 감사를 전해주시오. 우리는 함께 후손들의 내일을 세울 거요."

진하의 이야기를 듣고 사신들이 고개를 끄덕였다.

그리고 활자를 제작하는 기술을 나눠준 천군에게 감사의 마음을 가졌다.

그와 함께 하는 고려는 실로 모든 사람들을 위할 수 있었다.

그렇게 금속활자를 만드는 기술을 배우고 각자의 나라로 돌아왔다.

조정 아래로 출판을 담당하는 관청들을 두었고, 고려에서 배운 대로 활자를 만들었다.

그리고 인쇄를 벌였으니, 첫 인쇄물을 보면서 크게 만족하게 됐다.

스리비자야의 황자인 다푼타가 대신들과 장인들과 함께 인쇄물을 살폈다.

"참으로 깨끗하군."

"깔끔하게 인쇄 되었습니다."

"나는 우리글이 당나라 글자나 고려 글자에 비해 복잡해서 인쇄가 불가능할 줄 알았는데, 고려에서 배운 대로 하니 정말로 인쇄가 가능하오. 앞으로 이 기예로 백성들에게 지혜와 지식을 전수할 것이오. 또한 고려의 이야기가 세상에 널리 알려진 것처럼 우리 이야기 또한 알릴 것이오."

다푼타가 대신들에게 의지를 드러냈다.

성군이 되고자 하는 황자의 모습을 보면서 대신들이 환히 웃으면서 기뻐했다.

"전하와 함께 이 나라를 큰 나라로 만들 것입니다."

"이 나라 백성들을 위대한 백성으로 만들기 위해서 저희들의 목숨을 전하께 바칠 것입니다. 부디 강건하십시오."

황자를 통해 희망을 보고 있었다.

함께 백성을 위한 대업을 이루고자 했다.

그 결과로 어떤 일이 일어나는지 이미 고려를 통해서 깨우친 상태였다.

거짓을 전하는 것이 아닌, 진실을 전함으로써 신뢰와 위엄을 얻고자 했다.

그리고 고려처럼 나라와 민족의 자부심을 드러내고자 했다.

고려에서 배운 인쇄 기술로 책을 만들기 시작했다.

불교와 유교, 산수, 자연의 이치를 담은 책들을 만들기 시작했다.

고려처럼 사람들에게 즐거움을 안겨다 줄 수 있는 책을 만들고자 했다.

그 안에 스리비자야의 전통과 역사를 담아내려 했다.

부족들과의 전쟁으로 숲에 버려진 한 아이에 관한 이야기가 있었다.

짐승들 사이에서 버려진 아이가 자라나서, 사람들을 만나서 자신을 깨우치고 나라를 세우고 영웅이 되는 이야기였다.

그 이야기를 스리비자야의 글로 먼저 인쇄했다.

책을 읽은 다푼타가 기대를 나타내면서 대신들에게 물었다.

"백성들의 반응은 어떻소?"

이내 대신들을 통해서 백성들의 이야기를 들었다.

"글자를 아는 백성들에 한해서 열광하고 있습니다."

"모르는 백성들은?"

"글자를 모르는 백성들은 아직……."

질문을 받은 대신이 대답을 흐리자 모든 백성이 책의 내용을 알기를 바라면서 다푼타가 말했다.

"고려에서 책 이야기로 연극을 벌인다는 소식을 들었소?"

"예. 전하. 제가 전하께 알려드렸었습니다."

"고려와 마찬가지로 우리도 연극을 열어보는 것이 어떻겠소? 그렇게 하면 백성들이 이 책의 이야기를 더욱 깊게 즐길 수 있을 것이오. 우리 역사와 전통이 담겨 있으니까 말이오. 고려처럼 연극을 열어서 글자를 모르는 백성들에게도 알려주시오."

"분부하신대로 하겠습니다."

"그리고 다른 나라 말로도 번역하시오. 아마도 새로운 활자가 필요할 것 같소. 이제 우리 이야기를 진랍과 고려에도 보내보는 것이오."

"예. 전하."

더욱 많은 사람들에게 보여주고자 했다.

그렇게 함으로써 고려처럼 스리비자야를 알리고, 스리비자야의 것을 팔고자 했다.

자부심과 이문을 함께 구하는 길이었다.

진랍도 스리비자야와 마찬가지로 책들을 만들고 그것을 번역하기 시작했다.

나라 밖으로 향하지 않더라도 어떤 세상이 펼쳐져 있는지 알 수 있는 길이 열리기 시작했다.

아직 나라가 세워지지 않은 대만에서도 인쇄로 책이 만들어지기 시작했다.

대만의 군주가 세워지다

이제는 작은 마을이 아니었다.

해적이 자주 출몰하던 해안에는 이제 삼한선과 판옥선이라 불리는 고려 수군의 전선들로 채워져 있었다.

사장이었던 해변에 전선 정박을 위한 시설물들이 설치되었다.

또한 목책이 세워지고 뒤편에는 성채까지 세워졌다.

포구 가까운 곳에 마을이 크게 형성되었고 그곳에는 각국과 각 지역에서 온 상인들이 서로 소리를 일으켰다.

"향초요! 진랍에서 가지고 온 귀한 향초요!"

"서역 너머에서 보검을 가지고 왔소! 구경하시오! 어디에서도 볼 수 없는 진귀한 보검이오!"

"대진의 지도요! 로마 지도가 있으니, 필요한 상인은 어서 와서 보시오! 길잡이가 되어 줄 거요!"

"고려 삼들이 있소!"

동서남북을 가리지 않고 상인들이 모였다.

모인 상인들이 판을 깔고 호객 행위를 벌였으니, 상인들에게 손님은 또 다른 상인이 되었다.

거래가 이뤄질 때 수입의 1할은 대만 원주민들에게 세금으로 바쳐졌다.

고려 관리들이 이를 대신했다.

또한 고려 관리의 대리 세입을 진랍과 아이누와 같은 나라의 관리들이 보증했다.

오직 정직함으로 대만 원주민들의 신뢰를 얻었다.

하지만 그것은 결코 최선이 아니었다.

다른 이들을 통한 신뢰는 한 순간에 무너질 수 있었다.

신뢰가 무너지면 어떤 대가를 치르더라도 깊어진 골을 메울 수 없었다.

오직 대만 원주민들 사이에서 나라가 세워져야 했다.

통치자가 세워져서 그가 모든 것을 다스려야 했다.

관아는 아니었지만 그래도 포구를 관리하는 관아가 있었다.

고려 수군과 관리와 대만 부족민들을 위한 관아였으니,

관아 안에 큰 별채가 있었고, 별채 안에 놓인 탁자에 부족 내 추장들이 모여서 이야기를 나눴다.

그들의 주제는 새로운 통치자를 뽑는 것이었다.

통치자는 당연히 황제였고, 자식은 대를 잇는 황자일 수밖에 없었다.

때문에 권력이 대대로 승계될 수밖에 없었다.

예민한 사안으로 논의되는 가운데, 한 추장이 목소리를 높였다.

"아니, 어차피 백성들을 위해서 이 나라를 다스릴 게 아니오?"

"그렇긴 하오만……."

"고려에서 배운 것이지만 참으로 당연한 논리요. 군주는 진실로 백성을 위하고, 백성이 군주를 믿게 되면, 군주는 자연히 위엄을 얻게 되는 거요. 그리고 그런 위엄에 백성들이 충성하는 것이고 말이오. 그러니, 손에 권력이 쥐어진다 하더라도 함부로 어쩔 수 없는 것이 아니오? 어차피 백성을 위할 것이 뻔할 테니까."

"……."

"어차피 나 스스로를 황제로 세울 수도 없는데, 내 생각엔 전에 해안 주민들을 해적들로부터 구했던 청수족의 추장이 합당하다고 여겨지오. 나는 청수족 추장을 황제로 추천하오."

동쪽 해안 마을에서 온 추장이 말했다.

그의 말에 청수족 추장을 다른 추장들이 보았다.

앞으로 대만을 다스릴 황제를 뽑을 때 스스로를 뽑을 수 없었다.

오직 다른 사람을 추천해서 지지를 얻어야 했다.

추장들의 신뢰와 부족민들의 신뢰가 있어야 했으니, 다른 추장들이 추천을 받은 청수족 추장을 차례대로 지지했다.

"나도 청수족 추장이라면 괜찮다고 생각하오."

"이제는 고려군 덕분에 출몰할 일이 없지만, 해적들이 나타났을 땐 언제나 앞장서서 싸워 왔소."

"지혜도 있고 청수족 추장이라면 우리 부족들을 잘 다스려 줄 거요."

연이어 지지하는 모습에 청수족 추장이 미간을 좁혔다.

그의 이름은 '수전'이었다.

부족민들을 지키려 했던 한 추장에게 민심이 맞춰져 있었다.

이를 고려에서 온 오성과 양만춘과 진랍 아이누 각국 사신들이 지켜보았다.

동맹 회의에서 약조했던 대로 대만 주민들을 위한 나라가 세워질 수 있도록 돕고자 했다.

역관을 통해서 오성이 수전에게 물었다.

"어떻게 생각합니까?"

막 이립을 넘긴 젊은 추장이었다.

고려 천군의 물음에 수전이 잠시 생각하다가 탁자 맞은편에 앉은 추장을 보면서 의견을 내게 됐다.

"나보다는 미타족 추장이 황제 위에 올라야 된다고 생각하오. 이유는 이중에서 연륜이 가장 깊기 때문이오. 연륜이 싶은 만큼 우리 중에서 지혜가 가장 뛰어나오."

백발 추장을 바라보면서 수전이 말했다.

그의 말에 얼굴에 주름진 백발 추장이 고개를 가로저으면서 말했다.

"나이가 지혜를 증명하진 않네."

"하지만, 이미 부족을 잘 이끄셨습니다."

"나와 내가 속한 부족이 있는 곳으로 해적이 출몰하지 않았으니까. 해적이 출몰했다면 다른 부족에게 도와 달라 했을 것이네. 자네에게도 말일세. 그러니 자네만이 우리 중에서 황위에 오를 수 있네."

"……."

이미 손자를 두고 있는 백발 추장이 미소를 지으면서 말했다.

그는 자신이 사랑하는 부족을 위한 최선의 길을 택하려고 했다.

그리고 그로부터 의견을 듣게 된 수전이 침묵했다.

다른 추장이 피식하면서 웃곤 수전에게 말했다.

"혹, 정치를 잘못할까봐서 두려운 것이오?"

수전이 대답했다.

"두렵소."

추장이 말했다.

"그래서 우리가 있는 것이오. 우리가 청수족 추장을 도울 것이오. 그리고 청수족 추장은 오직 대만 주민들을 위하여 주시오. 그렇게만 해주면 우리는 충성을 바칠 것이오. 만약, 백성을 위하지 않으면 그때 우리가 심판하겠소."

농과 진심을 섞어서 이야기 했다.

그 말에 수전이 다시 진지하게 고민했다.

그리고 결심했는지 숨을 고른 후에 추장들에게 말했다.

"그렇게 되지 않도록 노력하겠소. 대만국의 황제가 되어 백성들을 위하겠소. 그러니, 부디 날 도와주시오."

수전이 추장들의 의견을 받아들였다.

그와 비슷한 나이를 가진 추장들과 나이 많은 추장들이 일제히 머리를 숙였다.

"황은이 망극하옵니다!"

"백성을 위하시는 폐하를 위해 목숨을 바치겠습니다!"

"저희들의 의견을 들어주셔서 참으로 감사합니다!"

가장 나이가 많은 백발 추장도 머릴 숙이면서 감사의 뜻을 전했다.

그리고 수전이 그들에게 재차 고마운 뜻을 전했다.

"고맙소. 이제부터 함께 우리 백성들을 위하는 것이오."

"예. 폐하."

역사에 없는 일국이 탄생하려고 했다.

제대로 된 나라가 세워지려면 수백 년이 훨씬 지나야 가능한 일이었다.

하지만 고려와 동맹의 지원이 있었기에 각 부족들이 힘을 모아 나라를 세울 수 있었다.

한 나라의 탄생을 오성이 지켜봤다.

그와 함께 지켜보던 양만춘이 하늘나라에 빗대면서 이야기 했다.

"투표로 대통령을 뽑는다고 들었네. 그런데 그렇게 하지 않았군."

"아직 세상이 받아들이기에는 이릅니다."

"영의정 어르신의 생각인가?"

"제 판단입니다. 물론 어르신의 생각과 상태왕 폐하의 판단도 있습니다. 아직은 고려나 진랍이나 아이누나 군주의 존재가 익숙합니다. 오직 보통의 백성들만의 의견으로 통치자를 뽑는다면, 우리 백성들도 쉽게 받아들이기 어려울 겁니다."

"극렬히 반대하거나 흠뻑 빠져서 찬성하겠지."

"부작용이 일어날 수 있습니다. 그리고 그런 방식을 벌이기에는 대만 주민들도 전혀 준비되어 있지 않습니다. 공화제를 택하려면 백성들이 비판의 자유를 누릴 줄 알아야 됩니다. 그래야 백성들이 택한 통치자가 독재에 빠져드는 것을 막을 수 있으니까 말입니다. 때문에 백성들의 지혜가 뛰어나야 됩니다."

오성의 판단을 듣고 양만춘이 고개를 끄덕였다.

아직 백성이 백성들의 통치자를 선택하기엔 이른 시기였다.

하지만 천군이 모든 시간을 앞당긴 만큼 '대통령'이라는 지위를 가진 자가 나타날 것이라고 생각했다.

그리고 고려를 위한 길도 오성이 알고 있었다.

"입헌군주제라고 했었나?"

"예. 어르신."

"그 제도로 군주와 통치자가 달라도 공존이 가능하다고 말했었지?"

"군주는 백성들을 하나로 묶어줄 수 있습니다. 총리는 정부를 총괄하여 백성을 위하는 정치를 펼칠 수 있습니다. 백성들의 비판을 받기에 백성을 위할 수밖에 없습니다. 그래야 손에 권력을 쥘 수 있습니다."

"권력에 대한 정친인 욕심과 백성들의 욕심이 부딪쳐서 발전을 이루는 것이겠군."

"욕심을 지혜롭게 이용하는 정치인이 뛰어난 정치인입니다. 사람이 가지는 꿈도 욕심일 테니까 말입니다. 우리에게는 전부 욕심을 가지고 있습니다."

백성을 위하고자 하는 마음이 욕심이었다.

나라를 위하고자 하는 마음이 수많은 욕심 중 한 가지였다.

그리고 정의를 실현시키고자 하는 마음도 욕심이었다.

무엇을 원하고, 바라는 모든 것이 욕심이었다.

그것은 결코 지울 수 없는 본능이었고, 그저 어디에 위치시키느냐에 따라 달라질 수 있었다.

욕심을 없앨 수 있다는 말은 거짓말이었다.

욕심이 나쁘다고 말하는 정치인은 또 다른 독재자였다.

사람이 가진 욕심을 직시하지 않고 정치를 펼치는 자는 나라를 도탄에 빠지게 만드는 최악의 정치가였다.

그 사실을 오성이 고려에 와서 깨달았다.

태대사자와 우의정으로서 정치를 경험하면서 알게 된 사실이었다.

자부심을 드러내고자 하는 것도 욕심 중 일부였다.

고려의 이야기가 세상에 알려져서 찬사를 듣듯이, 스리비자야와 진랍을 비롯한 나라들도 그들의 이야기를 세상에 알리고자 했다.

이야기책을 통해서 두 나라의 역사와 전통을 보여주고자 했다.

그리고 고려처럼 찬사를 얻으면서, 교역을 벌일 때 막대한 이문이 취해질 수 있기를 원했다.

대만 주민들도 마찬가지였다.

황제로 옹립 된 수전이 모여 있던 추장들에게 말했다.

"우리 이야기도 보여줘야 할 것 같소."

"맞습니다. 폐하."

"안 그래도 고려에서 인쇄에 관한 기예를 배웠는데, 그 기예로 책을 만들어서 팔아야겠소. 책을 통해 우리가 어떤 사람들인지 보여줄 것이오. 그리고 당나라가 우릴 두고 이주라 부르지 못하도록 만들거요. 우린 결코 오랑캐라 불릴 존재가 아니오."

더 이상 업신여김을 당하지 않고자 했다.

특히 당나라에 의해서 오랑캐라 칭해지는 것을 결단코 거부했다.

고려와 진랍과 스리비자야와 함께 했고, 토번과 아이누도 함께 하고 있었다.

비록 많은 것들이 뒤처져 있었지만 동맹의 도움으로 속히 쫓아가려고 했다.

그리고 끝내 오랑캐라 말하는 당나라를 넘어서려고 했다.

오직 대만과 백성을 위하려 했다.

고려에서 배운 인쇄술로 각종의 서적을 출판했다.

다른 나라와 마찬가지로 대만의 글과 불교, 유교, 산수와 자연 이치에 관한 지식 서적을 인쇄했다.

그리고 대만 주민들의 이야기를 책 안에 담았다.

백성들이 재밌게 읽을 수 있는 이야기를 담았고 세상에 대만의 역사와 전통을 널리 알리고자 했다.

한문으로 쓰인 책이 상인을 통해서 당나라에 이르렀다.

대만에서 가까운 교주로 책이 유입되었다.

진랍과 스리비자야와 아이누의 책이 전해졌고, 심지어 대만에서 지어진 책까지 바다를 건넜다.

당나라 백성들을 위해 한문으로 번역되어 있었다.

그리고 교주 백성들 중 식자들은 한문을 읽을 수 있었지만 전혀 다른 발음으로 소리를 냈다.

당나라 백성으로 여겨졌지만, 오랫동안 오랑캐로 여겨졌다.

황하와 장강에 거주했던 백성들과는 거의 상관이 없는 문화와 언어를 가지고 있었다.

'산월'이라 불리면서 차별과 토벌을 당해왔었던 역사를 지녔다.

그런 백성들에게 나라 밖의 이야기들이 전해졌다.

스스로가 어떤 존재인지 자각되려고 했다.

중원과 다른 역사와 전통에 대한 자부심이 일어나려 했다.

문화 전쟁이 일어나다

황하와 회하, 장강으로 이어지는 땅은 평원이었다.

때문에 거주하는 사람이 많아도 한 족속을 이룰 수밖에 없었다.

강을 통한 물산의 이동과 교역이 활발했다.

서로의 언어와 사고를 공유했고, 하나가 되어서 그 땅을 중원이라 부르면서 자부했다.

하지만 산이나 광야 같은 험지 너머의 사람들은 다른 언어와 사고를 가질 수밖에 없었다.

관중 서쪽의 서량이 그러했고 파촉이 그러했다.

그리고 장강 중류에 위치한 형양 남쪽의 교주가 그러했다.

형양과 교주 사이에는 천릿길에 달하는 첩첩산중이 펼쳐져 있었으니, 어떤 면에는 다른 어떤 지역보다 언어와 사고가 섞일 수 없었다.

그래도 말을 타면 광야를 넘을 수 있었고, 파촉은 장강으로 형양과 화남으로 이어져 있었다.

모든 것이 외졌고 중원과는 이질적이었다.

하지만 끝내 중원을 다스리는 황제의 통치를 받게 되었으니, 처음에는 피 흘리면서 싸운 적도 있었지만, 결국 생존을 위해서 순응할 수밖에 없었다.

그럼에도 마음속에 간직했던 선조들에 대한 자부심은 여전했다.

바다와 가까웠기에 여러 물산을 접할 수 있었다.

나라 밖의 서적이 교주 포구에 닿았고 백성들이 접했다.

그중 가장 재미있는 책들이 베껴 써지면서 더욱 많은 사람들이 이야기를 읽을 수 있게 됐다.

본래의 책에는 뛰어난 화공이 그린 그림도 있었지만, 사본에는 그런 것이 없었다.

하지만 내용을 충분히 이해할 수 있었다.

한 백성이 동무로부터 빌린 책을 돌려주면서 감성을 전했다.

"정말 눈물나더구만."

"그렇지?"

"아니, 어떻게 이렇게 슬픈 이야기가 있지? 사랑하는 왕자를 위해서 목숨까지 내어 놓다니, 인어공주를 알아보지 못하는 왕자가 너무 어리석은 것 같아. 그나저나 이게 고려의 이야기라면서?"

"맞아."

"이게 정말 중원에서 난리인 거야?"

책을 빌렸던 백성이 동무에게 알려줬다.

그리고 책을 들인 동무가 고개를 끄덕이면서 답해줬다.

"이 책뿐만이 아니고 다른 책들 때문에 난리야."

"다른 책이라고?"

"여기 진열된 책들을 말이야. 미녀와 야수, 달을 품은 해 때문에 고려 분을 구하고 음식도 구하고 난리였어. 지금은 조금 시들었지만 말이지. 어쨌든 책 때문에 고려가 어떤 나라인지를 알았어. 사랑의 희생을 좋아하고 권선징악을 좋아하는 나라니까."

"우리와 같네?"

"우리보다 낫지. 어떤 면에서는 조정에서 하는 짓거리보다 나아. 너도 알고 있겠지만 고려에서 하늘의 이치를 밝혔잖아. 해와 달이 어떻게 움직이는지 말이야."

"……."

"이웃나라들을 대하는 모습을 보면 우리 조정보다 차라리 고려가 나아."

상인인 동무로부터 이야기를 들었다.

그와 교주의 백성은 사람들이 가득한 장마당에서 대놓고 이야기 했다.

그저 눈치를 살피면서 작은 목소리로 이야기 할 뿐이었다.

하늘의 위치가 당 황실에 어떤 망신을 주는지도 알고 있었다.

그만큼 스스로가 당나라 백성이라는 의식들이 얕은 상태였다.

책을 들어 보이면서 동무인 상인이 이야기 했다.

"이번에 우리도 이야기책을 만들어 볼 거야."

"이야기책이라고?"

"아니, 고려에서 들인 책이라는 게 전부 조선을 배경으로 하잖아."

"그랬었지."

"조선은 고려의 옛 나라야. 그리고 고려 선조들의 나라지. 그러니까 중원에서 난리치는 책 안에 고려인들의 역사와 전통이 담겨 있는 거야. 고려와 전통과 역사에 사람들이 열광하는데 우리가 어떻게 봐야겠어?"

"그건……."

"진랍과 삼불제도 고려처럼 책을 만들었어. 책을 보면 알겠지만 일단은 붓으로 글씨를 썼어. 하지만 들리는 소문이 있어. 고려에서 금속활자를 만드는 기예를 알려줬다 하더라고."

"금속 활자라니? 그게 뭐야?"

"철을 깎아서 글자를 만들어다 판을 찍는 거야. 먹물을 묻혀서 종이에 찍으면, 찍는 대로 여러 장을 만들 수 있으니까. 그러면……."

"세상에! 책을 빨리 만들 수 있겠네?!"

"요컨대 선조들의 이야기를 써서 이문을 얻겠다는 거야. 선조들의 전통과 역사를 사람들에게 알리면서 말이야. 그래서 우리도 이야기를 쓸 거야."

미리 준비되어 있던 견본이 있었다.

상인이 자신의 동무에게 교주의 한 작가가 쓴 책을 보여줬다.

책을 받은 백성이 안의 내용들을 살폈다.

"이건……."

상인인 동무가 미소를 지으면서 이야기 했다.

"재밌을 거야. 재미없을 수가 없어. 그리고 세상 사람들은 우리 선조들의 이야기를 알게 될 거야."

언어가 다르지만 문자는 같았다.

글자에 따른 소리가 다르지만 내용을 이해하는 데에는 문제가 없었다.

교주 백성들에게서 퍼진 이야기가 이내 바닷길을 통해

금릉에 이르렀고, 금릉에 이른 이야기는 이내 운하를 따라
중원에 이르렀다.

그리고 낙양과 장안에도 교주 백성들이 만든 이야기가
널리 알려졌다.

베껴 써진 책이 태후에게 진상 됐다.

유인궤가 그녀 앞에서 무릎을 꿇은 가운데, 무조가 진상
대 위에 놓여 있는 책을 들었다.

그리고 펼쳐서 읽었다.

안에 쓰여 있는 글이 무조의 두 눈 안으로 박혀 들었다.

[진의 대장군 심정이 황제의 명을 받아 10만 대군을 이끌
었다.

그야말로 병장기가 지면을 메우고, 10만 군사들의 함성
이 하늘을 메우고도 남음이 있었다.

진의 정예군이 장사를 지나 협곡으로 들어섰다.

그들을 막아야 식구와 동무들을 지킬 수 있었다.

선조들로부터 배운 방식대로 적을 상대코자 했다.

밀림에 몸을 숨기고 진의 군사들이 오기를 기다렸다.

그리고 소리쳤다.

—화살을 쏴라!

월의 명장 원재의 명령과 함께 궁수들이 화살을 쐈다.]

책을 읽던 도중에 무조가 미간을 좁혔다.

읽던 책을 덮고 유인궤에게 물었다.

"이 책이 교주에서 퍼졌다고 말이오?"

"예. 태후마마."

"중원에 속하지 않고 진에 맞서던 시절의 이야기군. 헌데 이딴 이야기를 어째서 만들었다 하오?"

이야기를 쓴 동기에 대해서 무조가 물었다.

그리고 유인궤가 차분히 대답했다.

"교주는 예로부터 교역을 위해서 바다를 주로 이용해왔습니다."

"알고 있소."

"고려와 오랑캐들이 점령한 해남도와도 가깝고, 대만으로 이름 지어진 이주와도 가깝습니다. 때문에 교역로가 열렸을 때의 금릉보다 다양한 물산들을 접합니다. 나라 밖에서 책들이 들어와서 이문을 남기는 것을 보았을 것입니다. 때문에 이야기책을 만든 듯합니다."

유인궤의 대답을 듣고 무조의 인상이 더욱 굳어졌다.

"설마 나라를 어지럽히는 무리들을 이해하려는 것이오?"

"절대 그렇지 않습니다. 태후마마."

"나 또한 상인들이 이문을 얻길 원한다는 것을 아오. 하지만 문제는 내용이오! 이 책의 내용엔 중원과 교주가 분리 되어 있소! 말인 즉, 황실에 반하는 세력을 만드는 책이란 말이오! 이런 책이 용납되어서야 되겠소?!"

"용납이 되어서는 아니 됩니다."

"지금 얼마나 퍼져 있는 것이오?"

긴장과 경계를 드러내면서 무조가 언성을 높이면서 물었다.

그리고 유인궤가 파악되어 있는 만큼 알려주게 됐다.

"꽤 퍼져 있는 것으로써 압니다."

"어째서 막지 못했소?"

"어떤 말씀을 드려도 변명이 될 것입니다. 하지만 교주가 파촉보다도 먼 곳이라는 사실을 알려드리고 싶습니다. 한중과 성도를 통해서 운남으로 향하는 길보다, 형양인 장사에서 교주로 가는 길이 험합니다. 때문에 뱃길은 선택이 아닌 필수입니다."

미처 막지 못한 유인궤로부터 해명을 들었다.

그리고 무조가 눈을 감았으니, 차분히 생각하면서 심기를 가라앉혔다.

힘이 들어간 목소리를 죽이고 차갑게 이야기 했다.

"모르고 지은 죄는 용서해줄 수 있소. 하지만 알면서 지은 죄는 결코 용서할 수 없소. 앞으로 이 책을 읽는 자는 역적으로 취급될 것인 즉, 모르고 책을 소유한 자들에겐 알아서 책들을 관아로 반납하라고 알리시오."

"예. 태후마마."

"앞으로 이 책을 베끼거나 이야기를 알리는 자는 대역죄로 다스려질 거요. 그리고 남월의 역사와 전통도 이 나라의 것임을 알리시오. 우리는 대한을 이었고, 한나라 이후로 정복된 나라와 족속의 모든 역사는 우리 것이오. 이를 다시 백성들에게 알리시오."

"황명을 받들겠습니다. 태후마마."

황제를 대리하는 명을 유인궤가 받았다.

머리를 숙이고선 자리에서 일어났으니, 한 번 더 태후에게 인사하고 뒷걸음을 하면서 물러났다.

그리고 유인궤가 물러난 뒤에도 무조가 잠시 생각에 잠겼다.

"골칫덩이군."

교역로를 연 뒤로 바람 잘 날이 없었다.

고려의 국력과 국위를 쫓아가기 위해서 어쩔 수 없는 일이었다.

하지만 나라 안으로 들어오는 이질적인 것들이 모든 것을 위협했으니, 황실의 정통을 건드리고 넓은 땅을 다스리는 나라의 명분을 위협하는 것이었다.

그것들과 분리시켜서 국익을 취함과 엄단을 동시에 진행해야 했다.

혜안을 가졌다는 찬사를 이미 죽은 선제로부터 들었지

만, 그 이상의 지혜가 필요한 상황이었다.

미간에 골이 새겨졌고, 흑발 사이사이에서 하얀 머리카락이 돋아났다.

그렇게 황제를 대신하는 태후의 명이 대당국 전역에 알려졌다.

책을 소유한 백성들이 벌벌 떨면서 관아를 찾았다.

"저…정말로, 이렇게 내면 처벌을 받지 않습니까?"

"그래. 받지 않는다니까."

"세상에……!"

"하지만, 조심해야 될 것이네. 이제 이 책을 소유하거나 누군가에게 알린다면 대역죄로 다스려지게 될 테니까 말이야. 식구들이 어떻게 되는지는 굳이 말하지 않겠네."

한 백성이 베낀 책을 소유했었다.

그 책을 관아에 반납하고 눈물을 흘렸다.

"가… 감사합니다! 참으로 감사합니다!"

"황제 폐하와 태후마마의 용서에 감사토록 하게."

"예! 어르신…! 정말 감사합니다……!"

한 순간에 집안 식구들이 모두 죽을 뻔했다.

하지만 어린 황제와 태후의 용서로 구함을 받았으니, 장안과 낙양, 북평과 금릉을 비롯한 중원의 백성들은 피바람을 일으켰던 선제와 태후가 다르다는 생각을 하게 됐다.

반면에 자신들의 이야기를 쓴 백성들은 조금 다르게 생각하게 됐다.

관아 마당에 쌓인 책들이 타오르면서 연기가 피어올랐다.

자존심에 상처가 난 백성들이 멀리서 피어오르는 연기를 바라보았다.

관아의 관리는 자신들과 같은 교주 사람이 아닌 중원 사람이었다.

"아니, 없던 일도 아니고 있었던 일이잖아. 그런데 이게 대역죄로 다스려질 일인가?"

"황위에 위협이 된다잖아."

"뭐가!"

"찔리는 게 있는 거야. 황제가 덕으로 일식을 물리쳤다고 거짓말을 한 것처럼 말이야. 우리 선조들의 이야기가 황실에 심히 거슬린 것 같아."

책을 빼앗긴 상인과 백성들이 분노했다.

자랑스러운 선조들의 이야기로 책장사를 해보려 했을 뿐인데, 대죄로 여겨졌다.

그나마 목숨을 붙든 것이 다행인 일이었다.

살아남았기에 오히려 속이 뒤집어 지는 것을 느꼈다.

"중원 놈들과 우리는 핏줄이 달라. 그런데 감히 역사와 전통이 같다고 거짓말을 치고 있어."

"아주 놈들도 자기네 이야기들을 책으로 쓰는데, 우린 뭐야 대체?"

"조정 놈들보다 고려가 훨씬 나아. 설령 놈들이 우리 앞 바다에서 불질을 일으켰더라도 말이야."

"처음부터 고려와 함께 해야 했어."

불만이 가득 쌓이고 있었다.

그리고 백성들이 갖는 불만은 온전히 장안의 황제와 태후에게로 향했다.

당나라 백성이 된 선조들의 선택에도 원망이 더해졌다.

교주 백성들의 민심이 들끓기 시작했다.

그들을 감시하는 자들이 있었고, 이내 장안으로 보고가 전해졌다.

무조에게 일격을 가하다

백성들 사이에 간자를 감시하는 자들이 있었다.

교역로가 열리면서 나라 밖의 간자들이 얼마든지 들어올 수 있었다.

때문에 좀 더 집중해야 했다.

하지만 나라 안의 상황을 면밀히 살피지 못해서 백성들 사이에서 일어나는 일을 파악하지 못했다.

교주 백성들의 선조들의 이야기로 책을 지었다.

그 책이 금서가 되었고, 민심과 책을 내놓지 않은 자가 있는지 감시해야 했다.

때문에 간자들에 대한 감시가 느슨해질 수밖에 없었다.

조정의 조치를 두고 백성들 사이에서 이견이 없는지 확인해야 했다.

그리고 불만이 쌓이고 있음을 알게 됐다.

교주 백성들이 논한 이야기가 온전히 태후에게로 전해졌다.

"중원 백성들과… 핏줄이 다르다고?"

"예. 태후마마…….."

"그 말 외에 또 한 말은?"

"역사와 전통이 다르다고 했습니다…….."

"그렇게만 이야기 했소?"

"거짓말을… 친다고 말했습니다. 심지어 바다 건너 이주와 비교를 하면서 황실보다 고려가 훨씬 낫다는 말까지 했습니다. 앞바다에서 불질을 했었어도 말입니다."

"……."

"한두 사람이 아니라, 수백 명이 그렇게 이야기 하였습니다. 태후마마…….."

목소리에 긴장이 잔뜩 실려 있었다.

최대한 조심스럽게 교주 백성들이 했던 말을 태후에게 알렸다.

그리고 유인궤로부터 보고를 받은 무조가 주먹을 쥐면서 덜덜 떨었다.

이내 노성을 크게 터트리면서 대전이 울리도록 만들었다.

"변방 오랑캐 놈들을 중원 백성으로 삼아줬으면 영예로운 줄 알아야지! 핏줄이 다르다고?! 역사와 전통이 다르다고?! 그놈들은 다시 오랑캐 따위로 취급 받고 토벌 당하기를 원하는 것인가!!"

분노를 토하면서 크게 소리쳤다.

하지만 이성이 날아갈 정도는 아니었다.

그 후에 들을 이야기들이 그녀의 머릿속을 어지럽혀 놓았다.

눈을 감은 채로 고민하다가 유인궤가 전하지 못한 보고를 전하게 됐다.

"선제께서 속였다고 말합니다."

"선제께서……?"

"낙양에 일식이 찾아왔을 때, 고종 폐하께서 덕으로 물리치셨다는 것을 거짓이라고 말하고 있습니다. 그리고 이 땅이 둥근 형태로 자전하고 해를 중심으로 공전한다고……."

무조가 눈을 키운 채 떨리는 목소리로 물었다.

"누가 말인가? 누가 그딴 이야기를……."

유인궤가 대답했다.

"많습니다. 교주 백성들 사이에서 이미 상당히 퍼져 있습니다. 아무래도 교주를 오가는 상인들이 퍼트린 것 같습니다."

"……."

보고를 듣고 태후의 시간이 멈춘 것 같았다.

온몸이 경직 된 상태에서 잠시 동안 어떤 미동도 보이지 않았다.

그러다가 털썩 하면서 자리에 주저앉았다.

상석에 앉은 채로 가만히 있다가 미소를 보였고 웃음을 일으키게 됐다.

"크크큭… 카하하! 아하하하!"

여태 들어본 적 없는 웃음 소리였다.

한 번도 본 적이 없는 태후의 모습을 보았다.

온몸에 소름이 돋을 만큼 기괴한 웃음소리였고, 태후의 웃음소리 안에서 깊은 살기가 전해지는 것을 느꼈다.

앞으로 어떤 일이 일어나게 되는지를 알았다.

하지만 보고하지 않을 수 없었다.

그녀를 속이는 것은 대역 죄인을 자처하는 것이었고, 앞으로 나라에 더 큰 재앙이 찾아올 것이라고 생각했다.

큰 나라를 이루는 대당국이 무너질 수 있었다.

미소를 지운 태후가 황제를 대신해서 명을 내렸다.

"뭐, 이런 일이 일어날 것이라고 생각한 적도 있었소. 하지만 감수해야지 어쩌겠소. 그래야 우리가 고려를 쫓아갈 수 있으니까 말이오."

"……."

"사도가 보고를 올릴 정도면, 그런 말을 한 자가 누구인지 이미 다 알고 있겠지. 그러니 전부 죽이시오. 삼족을 멸하고 황실의 정통을 건드리거나 위협하는 어떠한 말도 나오지 않게 해야 할 것이오. 그리고 천하의 모든 역사와 전통은 모두 대당국의 것이오. 이를 백성들에게 알리고 그릇된 말로 현혹하는 자들을 처단하시오."

섬뜩한 명이 태후의 입에서 흘러나왔다.

다시 피바람이 불어 닥치려 했다.

그리고 이미 중원 역사에 더해진 교주에서 일어나려 했다.

앞으로 한 번의 피바람으로 모든 백성이 잠잠해지기를 소원했다.

"황명을 받들겠습니다. 태후마마."

명을 받들고서 자리에서 일어났다.

그리고 태후에게 인사한 뒤 뒷걸음을 하면서 물러났다.

착잡한 마음을 안고 정후전에서 나온 뒤 황궁을 안을 걸었다.

그때 어린아이의 목소리가 들렸다.

"싫어. 공부하기 싫어."

"하오나, 폐하. 글자를 전부 익히셔야 됩니다. 그렇게 하셔야 학문을 닦으실 수 있습니다. 성군이 되셔야 천하를 평안하게 하실 수 있습니다. 폐하."

황제의 스승이 쩔쩔매는 모습을 보였다.

그로부터 배움을 구하는 어린 황제가 질려하는 모습을 보였다.

이리 뛰고 저리 뛰면서 도망치려고 했다.

하지만 4살이 되지 못한 아이가 뛰어봤자였다.

이내 스승이 바로 뒤에서 따라붙었다.

쫓김을 당한 어린 황제가 비명을 질렀고, 수발 드는 궁녀와 유모 사이로 몸을 숨겼다.

"공부하기 시러! 자꾸 날 따라오면, 오지 못하도록 죽일 거야."

"……."

어린아이의 말이었지만 섬뜩한 말이었다.

어린아이였지만 황제의 경고였고, 그 말을 들은 황제의 스승이 뒤쫓다가 움찔하였다.

그리고 치맛자락을 붙든 황제에게 더 이상 공부해야 된다고 말할 수 없었다.

그 모습을 유인궤가 멀리서 지켜보았다.

부디 어린 황제가 바르게 커서 성군이 될 수 있기를 바랐다.

그래야 나라가 강해질 수 있었다.

백성들이 다시 자부심을 느낄 수 있기를 소원했다.

그때 발자국 소리가 나면서 인기척이 들렸다.

관복을 입은 대신이 옆에서 숨을 헐떡이고 있었다.

"헉! 헉! 헉!"

젊은 대신이었다.

그리고 뛰어온 듯했다.

그는 태후의 조카였고, 젊은 나이에 군을 관장하는 사내였다.

무삼사에게 유인궤가 궁금히 여기면서 물었다.

"무슨 일이오? 무슨 일이기에 내게 급히 뛰어 온 것이오?"

유인궤의 물음에 무삼사가 손에 들고 있던 종이를 보여줬다.

"보… 보십시오."

"음?"

"지… 지금, 장안 거리 곳곳에 뿌려져 있습니다! 군령을 내려서 투서를 거두고 있지만 너무나 많습니다! 이미 많은 백성들이 보았습니다!"

다급한 설명으로는 결코 이해되지 않았다.

무삼사가 건네는 투서로 여겨지는 종이를 유인궤가 받았다.

그 안에 어떤 내용이 써져 있는 지를 확인했고, 순식간에 어안이 벙벙해졌다.

"이… 이 투서가… 장안 곳곳에 뿌려졌다고……?"

"예! 어르신!"

"누··· 누가 말이오?!"

"누군지 확인되지 않았습니다!"

"확인되지 않았다고?!"

"새벽에 누군가 뿌려둔 것 같습니다! 그래서 지금 발견되어서 백성들이······!"

"······!"

여태 느껴본 적 없는 급박한 마음이 일어났다.

투서의 내용이 믿어지지 않아서 몇 번이나 그 내용을 다시 읽고 무삼사의 얼굴을 봤다.

이내 현실이라는 것을 깨닫고 정후전으로 발걸음을 옮기려고 했다.

그때 돌아섰던 발걸음을 다시 세우면서 돌아섰다.

무삼사에게 급히 수색을 지시했다.

"일서 상단의 단주를 찾으시오! 그 자가 있어야 투서의 주장을 지울 수 있소! 곽 장군과 함께 전군을 동원해서라도 놈을 찾으시오!"

"알겠습니다! 어르신!"

급히 지시를 내리고 다시 걸음을 돌려세웠다.

거의 뛰다시피 하며 성큼성큼 발걸음을 내딛었다.

그리고 다시 정후전으로 입전했다.

되돌아온 유인궤를 보면서 무조가 의아함을 느꼈다.

"무슨 일이오? 다시 정후전으로 되돌아오다니."

"급히 보셔야 하실 것이 있습니다, 태후마마!"

"볼 게 있다고?"

"지금 이 투서가 장안에 뿌려졌다고 합니다!"

"……?"

인사가 생략 될 만큼 다급했다.

때문에 무조가 유인궤의 행동으로 말미암아 불길함을 느꼈다.

투서라는 단어에 황실에 대한 것이라고 생각했고, 두근거리는 마음으로 유인궤가 건넨 투서를 펼쳐서 읽었다.

안에 써져 있는 글이 무조의 숨을 멈추게 했다.

[상서좌복야 우지녕은 간자가 아니다.

진짜 간자는 일서상단의 단주 이엽이다.

태후가 권력을 차지하기 위해서 나라를 세운 충신들을 역적으로 몰았다.

역적으로 몰린 자들은 태후가 황후 위에 오를 때 반대했던 충신들이다.

태후의 여식을 과연 왕 황후가 죽였을까.

태후의 여식이 죽었을 때 가장 큰 이득을 본 사람은 다름아닌 태후다.

여식이 죽은 뒤 태후가 권력을 얻었다.]

"……?!"

머리와 가슴에서 크게 충격이 일어났다.

마치 화살이 한 발씩 박혀 든 것 같았다.

멈춘 숨이 쉽게 쉬어질 줄 몰랐고, 한참이 지나서야 숨을 가쁘게 쉬면서 크게 호흡을 일으키게 됐다.

"히…히익……?!"

한 번도 내어 본 적 없는 숨소리였다.

들린 투서와 그것을 들고 있는 손과 온 팔이 떨렸다.

투서에 꽂혀 있던 무조의 눈동자가 심히 요동쳤다.

"누… 누가 이것을……."

"……."

"누… 누가 뿌린 것이오, 대체……?"

온 얼굴이 일그러져 있었다.

공포와 혼란, 두려움이 온 얼굴에 새겨져 있었다.

벌벌 떠는 태후를 보면서 유인궤가 놀랐고, 그녀의 물음에 잠깐 동안 대답하지 못했다.

그리고 다시 질문을 받았다.

"누구요! 대체!"

대전 내 공기가 찢어질 듯이 소리가 일어났다.

이를 갈면서 태후가 묻자, 그제야 유인궤가 답하게 됐다.

"파악되지 않았습니다……!"

"뭐가 어째?!"

"하지만, 일서 상단의 단주를 추포하라고 무 장군에게 지시를 내렸습니다! 곽 장군에게 조치를 전하라고 했으니, 전군을 동원해서라도 반드시 잡을 것입니다! 하오니……!"

대답이었지만 간절함이 깃들어 있었다.

이엽을 반드시 대령해서 투서의 진의가 거짓이라는 것을 밝히려고 했다.

그가 제발 간자가 아니기를 소원했다.

그렇게 바라면서 대답할 때, 발걸음 소리가 일어나면서 답변하던 것이 멈추게 됐다.

"태후마마……!"

무삼사가 들어와서 태후를 불렀다.

그의 부름에 무조가 유인궤로부터 시선을 떼고 물었다.

"어…어찌 되었느냐?!"

이엽의 신원을 확보했는지 물었다.

그리고 그 뜻을 알고 있는 무삼사가 몹시 두려움에 떨면서 대답했다.

"자… 장안에 없습니다…… ."

"뭐라고……?"

"백성들을 상대로 심문한 결과, 이틀 전부터 본 사람이 아무도 없다 합니다…! 단주의 식구와 친척도 자취를 감추었다고 합니다!"

"……?!"

"이엽과 식구들에 대한 행방을 완전히 잃었습니다!"

보고를 들은 무조의 온몸이 다시 경직 됐다.

눈에 핏발이 섰고, 정면으로 보는 시선이 아득해지는 것을 느꼈다.

현기증이 일어났지만 정신을 놓지 않으려고 안간힘을 썼다.

그리고 다시 두려움이 찾아왔다.

모든 것을 잃을 수 있다는 근심과 공포가 한 번에 밀려들어 왔다.

태후의 온 얼굴이 새파랗게 변해 있었다.

초원으로 향할 준비를 하다

위수 강변에서 출발했던 운선이 황하 강물을 타고 유유히 흘렀다.

황하를 벗어나서 바다에 이르자, 돛을 펼친 큰 배들이 접근하면서 삼엄한 경계를 보였다.

그 배들의 갑판 위로는 화포들이 실려 있었다.

그리고 삼족오기를 달았다.

세상의 어떤 전선도 삼족오기를 단 고려 수군 전선에게 맞설 수 없었다.

그들의 호위를 받으면서 포구에 운선이 이르렀다.

현문에서 다리가 내려지자 고운 옷을 입은 사람들이 차

례대로 내렸다.

비단 혹은 거친 천이더라도 단정한 옷을 입은 사람들이 내렸으니, 그들은 전부 한 식구라.

비록 주인과 하인, 하녀들의 가족이지만 한 집에서 지내는 이들이었다.

그리고 검을 찬 자들과 그들의 식구도 함께 내렸다.

식구를 이끈 이엽이 고려 땅인 비사성에 이르렀다.

요동 끝자락에 위치한 고려 성이었다.

그리고 그를 맞이하기 위해서 고려에서 주요한 인물이 친히 마중을 나왔으니, 그는 고려의 미래를 인도하는 대신 중 대신이었다.

우의정 권오성과 좌의정 양만춘이 함께 마중 나와 있었다.

창검과 소총으로 무장한 군사들이 엄히 지키는 가운데, 오성을 만난 이엽이 세 무사와 함께 손을 모으면서 인사했다.

그의 인사를 받아주면서 오성이 미소 지었다.

"빠진 사람은? 없지?"

이엽이 대표로 대답했다.

"없소."

"다행이네."

"식솔이 무사한 것은 전부 우의정 덕분이오. 이렇게 무사히 빠져 나올 수 있게 해주었으니 말이오."

"어려운 발걸음을 해줬으니 당연히 그래야지. 우리 백성들을 위한 일이니까."

"……."

"그리고 당나라 백성을 위한 일이기도 해. 당장 피 흘리게 만든 것처럼 보이지만 후에 가서는 수백만, 아니, 수천만의 목숨을 구하게 될 거야. 그러니까 두고 봐. 건강하게 오래 살아야 돼."

"알겠소."

"철저히 경계해 줄 테니까, 고려에서 지내면서 진실과 정의를 구해 봐."

역관을 통해서 이엽에게 오성이 말했다.

오성의 이야기를 듣고 이엽이 머리를 숙이면서 감사의 뜻을 전했다.

당나라 방식이 아닌 고려의 방식으로 인사하고 이내 군사들의 호위를 받으면서 비사성에 마련 된 숙소로 향하게 됐다.

이틀 지낸 후에 다시 배를 타고 남쪽으로 향할 예정이었다.

이엽을 따라 그의 식구들이 포구에서 나가면서 오성을 보면서 수군거렸다.

"저 사람이 천군이라니……."

134

"젊어."

"고려를 강하게 만든 사람이야."

"우리가 설마 고려에 올 줄이야……."

천군을 만난 사실에 대해서 놀라워했다.

그리고 고려에 온 사실이 믿어지지 않았다.

장안을 떠날 때만 하더라도 무슨 일인지 몰랐었고, 운선에 올라타고 나서야 지아비와 자식과 아비가 역적이라는 것을 알게 됐었다.

조정에서도 쉽게 알려질 수 없는 비밀을 고려에 알린 간자였었다.

때문에 장안에 있으면 결코 살아남을 수 없었다.

아니, 나라 밖으로 도망쳐야 했다.

그래야 손자, 손녀, 자식, 여식들까지 전부 살릴 수 있었다.

이미 엎지른 물이었고 그저 자신들에게 겨누어지게 될 황실의 칼끝이 거둬지길 바랐다.

그런 이엽의 식구를 오성이 바라봤다.

그들과 세 무사의 식구들까지 전부 사라지자, 양만춘이 곁에서 차분한 말로 물었다.

"이제 저들이 우리에게 귀순했으니, 장안도 난리 났겠군."

"예. 어르신."

"당나라 전국에 격서가 뿌려졌을 텐데, 이제 모든 백성들이 태후에게 반발하지 않겠는가? 백성의 피로 정적을 치는 데에만 썼으니 말일세. 온 백성이 황실과 태후에게 맞서기 않겠는가?"

양만춘의 물음에 오성이 고개를 가로저으면서 이미 내린 결론을 알려줬다.

"그렇지는 않을 것입니다."

"허면?"

"여러 갈래로 나뉠 겁니다. 황실과 태후를 동시에 편드는 백성들과, 두 쪽을 동시에 거부하는 백성으로서 말입니다."

"……"

"혹은 황실에 대한 것을 믿으면서 태후를 거부하거나, 반대로 황실을 부정하면서 태후 편에만 선 무리들도 생겨날 수 있습니다. 사람은 생각보다 자신이 내린 믿음을 잘 거두지 않습니다. 믿음을 거둔다는 것 자체가 자신의 선택이 잘못 되었다는 것을 인정하는 것이니까 말입니다. 그런 인정으로 한 치의 손해도 보려 하지 않는 것이 사람의 본성입니다."

오성의 이야기를 듣고 양만춘이 고개를 끄덕였다.

아무리 설득력 있는 상황이 펼쳐져도 모든 사람들이 돌아서거나 어떠한 편을 드는 것은 아니었다.

머릿속에 세뇌로 가득 차서 목숨 걸고 죄인을 변호하는 것도 사람의 본성이었다.

그렇게 해야 스스로 실패하지 않았다는 것을 스스로에게 증명하면서 위로할 수 있었다.

어떤 일이 벌어질지 미리 예상했다.

결코 쉽지 않았다.

하지만 무엇을 하고 어떤 길을 걸어야 할지는 명백했다.

"우리가 도울 사람들은 당 황실과 태후에게 그저 맞서기만 하는 자들이 아닙니다."

"불의나 맞서는 자들이지."

"정의를 구하고 지키려 하는 백성들을 도울 것입니다. 그러다보면 우리와 함께 할 수 있는 나라가 세워질 겁니다. 어쩌면 그 나라가 훗날 우리 후손들을 도와줄 수도 있습니다."

나라의 근간을 바꿔 놓으려고 했다.

아니, 동양 문화의 기준이라 말하면서 오만을 세우는 중화의 깊은 뿌리를 지우려고 했다.

중화의 뿌리를 거두고 정의와 민의를 위하는 씨앗을 새롭게 심으려고 했다.

오직 천군이 그리는 미래에서만 그것이 가능했다.

내일에 대한 기대를 가지면서 오성이 돌아섰다.

"이제 교역로를 내어야 할 것 같습니다."

"전에 자네가 말했었던 교역로를 말인가?"

"서역으로 향하는 해상 교역로를 확보했으니, 이제 전통적인 육상 교역로를 구할 것입니다. 우리가 취한 육상 교역로를 당나라 군사들이 공격할 수 없을 테니까 말입니다. 북평의 설인귀는 절대 군을 내놓지 못할 겁니다."

발걸음을 옮기면서 의지를 드러냈다.

"초원으로 향할 것입니다. 철륵과 교류할 것이고 당나라의 비단길을 우리가 밟을 겁니다. 지금이야말로 요서로 진격해야 됩니다."

때가 무르익었다.

서쪽으로 향하는 해상 교역로를 열었지만 역사에 기록되어왔던 육상 교역로는 아직 열리지 않았었다.

만주라 불리는 고려 북방을 정비해야 했고 민심을 안정시켜야 했다.

남쪽의 상인들이 북쪽에 머무르도록 만들어야 했다.

유제품으로 백성들의 양분을 보충했고 입맛을 돋우었다.

그리고 이제 서쪽으로 달려갈 때였다.

평양으로 돌아와서 태왕에게 주청을 올리고 윤허를 받았다.

그 사이, 당나라에서 누구도 가늠할 수 없는 후폭풍이 몰아닥쳤다.

138

투서를 읽은 태후의 손이 덜덜 떨렸다.

종이에 써져 있는 글을 다시 읽자, 온 손끝과 눈동자까지 떨다가 투서를 찢었다.

"어디서 감히, 이딴 것을……!"

그토록 분노하는 모습이 처음이었다.

또한 그렇게 겁에 질린 모습도 처음이었다.

투서를 갈기갈기 찢어낸 무조가 벌떡 일어서서 유인궤에게 지시했다.

"이 투서를 본 자들을 모두 죽이시오! 아니, 삼족을 멸하시오! 투서를 본 자와 이야기 하는 자! 심지어 궁금히 여기는 자들까지 전부 죽이시오! 그래야 황상의 보위를 지킬 수 있소! 어서 황명대로 하시오!"

그녀의 지시에 무릎을 꿇은 유인궤가 대답하지 않았다.

미간을 잔뜩 굳힌 채, 상석 앞의 바닥을 내려다 볼 뿐이었다.

그런 유인궤에게 무조가 물었다.

"어찌 대답하지 않는 거요?!"

"……."

"사도!"

다시 소리치면서 물었다.

그리고 여전히 유인궤가 부답했다.

유인궤의 태도를 보고 무조가 무삼사에게 지시했다.

"지금 즉시 황명을 전하여서 이딴 격서를 본 죄인들을⋯⋯!"

그녀의 명이 모두 떨어지기 전에 유인궤가 말했다.

"그렇게 하시면 고려를 따라잡으실 수 없습니다⋯⋯!"

무조가 물었다.

"뭐라고?!"

다시 유인궤가 말했다.

"만약 이것이 고려에서 벌인 짓이라면! 아니, 고려에서 벌인 일인데 과연 황도에서만 벌였겠습니까?"

"⋯⋯?!"

"장안뿐만이 아니라, 낙양, 남양, 북평, 금릉, 형양, 성도까지 전부 뿌려졌을 겁니다! 그런 상황에서 투서를 본 백성들과 궁금히 여기는 백성들의 삼족까지 멸하라 명하시면 어찌 되겠습니까? 모든 백성을 죽이는 것과 다를 바 없게 됩니다! 고려보다 더욱 강한 국력을 취하셔야 되는데, 그 길을 잃게 됩니다! 태후마마께서 전하시는 황명을 가장 좋아할 존재는 고려입니다!"

목소리를 높이면서 강하게 말했다.

유인궤가 반대하면서 황명을 거부하자 무조가 이를 갈면서 그에게 물었다.

"그러면, 어쩌란 말이오?!"

"진정하시고 냉정하게 생각하셔야 됩니다!"

"지금 상황에서 어떻게 진정이 되오?!"

"그래도 진정하셔야 됩니다! 지금은 태후마마께서 태후마마의 모습을 잃으셨습니다! 그러니 진정하십시오! 태후마마!"

"......!"

"진정하셔야 됩니다!"

"......."

거듭 유인궤가 무조에게 말했다.

그의 이야기를 듣고 몹시 흥분했던 무조가 입을 다물었다.

여전히 이가 갈리고 쥐어진 주먹이 풀어지지 않았다.

하지만 틀린 말이 아니었고 자신을 위해서 한 말이라는 것을 알았다.

어떠한 감정이라도 내려놓고 냉철하게 생각해야 했다.

유인궤가 한 말을 마음에 깊이 새겼다.

눈을 감고 굳게 닫혀 있던 입을 열면서 심호흡을 했다.

그리고 몇 번의 숨소리를 일으킨 뒤 심기를 가라앉혔다.

여전히 분기가 들끓고 있었지만 겉으로 드러내지 않을 만큼 마음의 통제를 이뤘다.

그 후에 조금 날카로운 목소리로 유인궤에게 물었다.

"수가 있소?"

그녀의 물음에 유인궤가 시선을 떨어트린 채로 고민하다

가 대답했다.

"해명이 우선입니다."

"해명이라고? 백성들에게?"

"예. 태후마마."

"아니, 해명이라면 대체 어떤 해명을 말이오? 내가 이 나라의 정적을 죽이지 않았다는 해명을 말이오? 그런다고 해서……!"

따지듯이 묻자 유인궤가 자신이 떠올린 지혜를 무조에게 밝혔다.

"이엽이 정말로 간자였다는 해명을 말입니다!"

"뭐라고……?!"

"이엽이 정말로 고려의 간자라면 이 땅에 이미 없을 수도 있습니다! 수색이나 수소문도 없을 것이며, 그가 고려로 향했다면 고신을 통한 증언도 구할 수 없습니다! 때문에 그 자의 증언에 기대셔서는 안 됩니다! 차라리 피해를 입으신 모양새가 훨씬 낫습니다!"

"피해를 입은 모양새라고……?"

"정말로 간자였고, 그 자가 남만을 토벌하던 준비 과정을 고려에 알린 것으로써 백성들에게 알리십시오! 오히려 진실을 알리셔서 태후마마께 대한 백성들의 신뢰를 높이시는 것입니다! 그리고 이엽이 간자라고 해서 처벌 받은 죄인들이 역적이 아닌 것은 아닙니다! 관련이 있는 것처럼

142

투서에 쓰여 있지만, 실질적으로……!"

유인궤의 뜻을 이해하면서 무조가 말했다.

"무죄라는 증거가 없으니, 처벌이 잘못 되었다고 말할 수도 없지."

"오직, 고려의 계략이라는 것을 알리시면 될 것입니다! 그렇게 하시면 민심이 크게 흔들리지는 않을 것입니다! 오직, 황실과 태후마마께 대적하려는 죄인들만 처벌하시면 되실 것입니다!"

난국을 헤쳐 나갈 수 있는 유일한 길이었다.

그 길을 유인궤가 알려주자 무조의 얼굴에서 어둠이 차츰 걷혀졌다.

미소가 잔잔하게 돌아오고 있었다.

장손무기가 거병하다

용암처럼 들끓었던 마음이 차분해졌다.

황도에 뿌려진 투서에 온 이성이 흔들렸다.

하지만 다시 중심을 잡았고 귀를 열면서 유인궤의 충언을 듣게 됐다.

이엽이 간자였다는 것을 인정하기로 했다.

대신 그로부터 해를 입은 것으로 주장하기로 했다.

진랍에서 군이 패했던 것을 이엽과 고려에게 뒤집어씌우려고 했다.

"좋은 의견인 것 같소. 사실 이엽이 간자라 해서 죽은 죄인들이 무죄였다는 것을 증명하는 것이 아니니까 말이오.

그리고 고려의 계략임을 알리면 백성들도 충분히 받아들일 것이오."

"예. 태후마마."

"덕분에 정신을 차렸소. 황상을 대신해서 명을 내릴 테니, 이를 백성들에게 알리시오. 함부로 민심이 흔들리지 않도록 만들 것이오!"

심기를 굳건히 하면서 명을 내렸다.

유인궤가 머리 숙이면서 무조의 명을 받들었다.

"황명을 받들겠습니다. 태후마마."

그리고 일어나서 인사했다.

뒷걸음으로 유인궤가 물러나자 무조가 무삼사에게도 명을 내렸다.

"사도를 도우시오."

"예. 태후마마……."

다급히 소식을 알렸던 무삼사가 태후에게 인사를 올렸다.

그리고 유인궤를 따라나섰다.

두 사람이 나간 후에 무조가 다시 인상을 굳혔다.

자신이 여태 경험한 적 없는 두려움을 느꼈다는 것을 깨달았다.

"감히… 나에게… 이런……."

손끝의 떨림이 사라지지 않았다.

목 앞으로 칼날이 놓여서 피부 끝이 베인 느낌이었다.

숨이 멎고 등골이 얼어버린 느낌을 받았다.

그러한 모든 것이 감당하기 힘든 굴욕으로 다가왔다.

"기필코, 몇 배로 갚아 주마……!"

복수를 다짐하면서 후일을 도모했다.

백성들에게 적극 해명해서, 어쩌면 천군이 벌였을 지도 모를 계략을 깨버리고자 했다.

그녀의 명에 의해서 장안에서 전령이 나와 말을 몰았다.

낙양과 한중, 정주로 전령들이 달렸고, 이어 성도와 남양, 북평으로 조정의 알림이 전해졌다.

형양과 금릉으로도 전령이 도달했다.

전령의 소식을 받은 태수가 관아 게시판에 소식을 달았으니, 앞으로 모인 백성들이 서로 이야기 했다.

"대체 뭐라고 써져 있는 거야?"

"도망친 일서 상단의 단주가 고려의 간자가 맞다는데……."

"그러면 처형되었던 어르신들은……."

"도망친 죄인과는 상관이 없대."

"뭐?"

"일서 상단의 단주가 간자라고 처형된 죄인들이 무고함이 보증되는 것은 아니니까. 양쪽 다 간자일 수 있어."

정주 백성들이 서로 이야기 했다.

그중 한 사람이 목소리를 높이면서 바람을 잡았다.

"고려의 계략이오! 태후마마께서 패전을 이용해서 충신들을 쳤다는 이야기는 거짓말이오! 이는 고려를 이롭게 만드는 일이오!"

그의 외침을 듣고 다시 백성들이 이야기 했다.

"맞는 말이지."

"하마터면 전에 뿌려진 격서에 속을 뻔했어."

"이번 일은 분명히 고려에서 벌인 일일 거야!"

"그래!"

정주에서 뿌려진 격서에 민심이 흔들렸었다.

하지만 이내 조정에서 내놓아진 해명문에 의해 다시 조정을 믿고 고려의 계략으로 생각했다.

하지만 당의 모든 백성들이 그렇게 생각하는 것은 아니었다.

금릉에도 정주처럼 조정에서 알리는 포고문이 붙여졌다.

정주는 장안과 낙양 동쪽에 위치한 중원의 고을이었고, 금릉은 먼 남동쪽 장강 하류에 위치한 고을이었다.

바다로부터 멀지 않은 곳이었고, 예로부터 수많은 상인들이 오갔던 곳이었다.

때문에 조정에 대한 믿음이 중원 백성들과 비교해서 남달랐다.

내륙 백성과 전혀 다른 일을 겪었다.

관아와 장마당에 세워진 게시판에 방문이 붙었다.

그 앞으로 사람들이 지나가면서 힐끔힐끔 쳐다볼 뿐, 어떤 이도 앞에 모여서 이야기를 나누지 않았다.

그저 믿을 수 있는 사람들끼리 모여서 뒤에서 이야기 할 뿐이었다.

"고려의 계략이라니……."

"개소리지."

"아니, 이엽인가 뭔가 하는 작자가 간자였다고 쳐. 그렇다고 해서 어르신들까지 역적이었다는 것은 아니잖아."

"내 말이."

"분명히 무가의 년이 역적으로 몰아서 죽인 걸 거야. 들리는 소문에 그 년이 황후가 될 때 어르신들이 반대 했었다고 하잖아. 황군이 패한 것을 빌미로 진짜 간자를 잡지 않고, 죄 없는 어르신들만 죽인 거야."

태후에 대한 반감과 의심을 드러냈다.

그것도 그럴 것이 그녀가 황실에서 어떤 일을 벌였는지 알고 있었다.

이제는 죽어버린 황제를 부추겨서 그녀 자신의 정적들을 숙청했고, 숙청되는 과정에서 수많은 백성들이 죽임을 당했다.

또한 애초에 진랍을 공격했던 일에 대해서도 반감을 가졌다.

"세상이 죄다 고려 편이 될까봐서 진랍을 친 것이지."

"말은 바로 해야지."

"뭘 바로 해?"

"온 세상이 고려 편이 될까봐서 진랍을 친 게 아니라, 황제에게 쥐뿔도 없다는 것이 들킬까 봐 진랍을 쳤던 거야. 고려에서 하늘이 어떻게 돌아가는지 밝혔잖아."

"그랬었지."

"일식을 덕으로 물리쳤네, 어쩌네 하면서 거짓말 쳤던 것이 들킬까 봐, 전쟁을 일으킨 거야. 고려에서는 알아서 일식이 물러갔으니까. 자전과 공전의 이치가 알려질까 봐 두려웠던 거야."

황실이 가진 두려움을 금릉의 백성들이 알고 있었다.

"고려의 존재가 황제의 권위를 무너뜨려. 고려 태왕은 백성들에게 솔직하게 이야기 해주는데 말이지."

"그러니까."

"이번에 태왕녀가 태왕이 되었다고 들었는데, 새로운 태왕에 대한 백성들의 칭송이 자자하다고 들었어. 그런데 우리들의 황제와 태후는 도대체 뭐야?"

"백성을 도구와 노예로 여길 뿐이지."

"백성을 아끼고 사랑하는 것이 군주라는데, 내가 살면서 그랬던 것을 느껴본 적이 없어. 그저 자존심을 구기게 만드는 고려를 치는 일에 우리 목숨만 사용할 뿐이야."

"우릴 백성으로 여기지 않는데 우리도 황제로 여기지 않을 거야."

"차라리 고려 태왕을 우리들의 황제로 모시는 것이 나아."

같은 반론에도 이견이 있었다.

"그래도 그건 아니지. 우리가 고려 사람이 아닌데. 내가 생각할 때는 나라를 아예 새롭게 새워야 해."

"맞아."

"진정 백성을 위해서 노력할 수 있는 군주를 모셔야 해."

"옳소."

여러 이야기들이 나왔다.

그리고 고려가 더 낫다는 것으로써 한 뜻을 이뤘다.

지난날에 고려의 문물과 지식을 접했다가 수많은 백성들이 도륙되었던 것을 경험했다.

그들이 금릉 백성들의 동무였다.

피바람이 불었던 후에 침묵했다가 교역로가 열리면서 무엇이 잘못 되었는지를 깨달았다.

동쪽에서 바람이 불어오기 시작했다.

그 바람은 깨우침이라는 위대한 바람이었다.

관아와 장마당에 세워진 게시판 방문을 어떤 백성들이 살피고 걸음을 옮겼다.

그리고 백성들이 뒷골목에서 하는 이야기들을 들었다.

여느 상인들처럼 베낀 물건을 파는 상점이 있었다.

상점 안쪽으로 담이 세워진 건물이 있었고, 그곳으로 허름한 옷을 입은 백성들이 들어갔다.

담 안쪽에 칼을 찬 호위무사들이 금군처럼 경계를 벌였으니, 그들이 지키는 건물 안으로 사람들이 하나둘씩 들어섰다.

그리고 쌓인 상자 중에서 하나가 들어갔다.

바닥에 놓인 상자 주위로 사람들이 둘러섰으니, 그중 세 사람은 백발 무성한 노인들이었다.

그러나 가슴엔 젊은이 못지않은 의기를 가지고 있었다.

뚜껑이 열리자 상자를 감싼 이들의 눈이 잔뜩 커지게 됐다.

"오오……."

"세상에……."

"정말로 총이야… 우리가 고려 총을 받다니……."

"이럴 수가……."

놀라움이 매우 컸다.

하지만 탄성은 그렇게 크지 않았다.

괜히 소리를 일으켜서 사람들의 주의를 모을 필요가 없

었다.

조용히 감탄을 일으키면서 상자를 내려다 봤다.

그러다 둘러싼 이들 중에서 한 사람인 이적이 상자 안에 담긴 소총을 들면서 생각에 잠겼다.

고려를 상대로 몇 번이나 싸웠다고 호되게 당했었다.

자신에게 굴욕적인 패배를 안겨주었었던 무기가 손에 들려 있었다.

그것에 관한 감회가 남달랐고, 비록 구식 소총이라고 해도 큰 기대를 가졌다.

심지에 불을 붙여서 쏘는 점화식 소총이라 하더라도 황군의 어떤 화기보다 뛰어난 것을 알고 있었다.

들고 있던 소총을 옆 사람에게 넘겨주면서 말했다.

"그래도, 순조롭게 밀수해서 다행이라 여긴다."

"매수가 어렵지 않았으니까 말입니다."

"매수가 어렵지 않았다고?"

"백성이 어렵고 힘든 상황이니, 돈이면 무엇이든지 할 수 있는 상황입니다. 심지어 나라를 파는 행위조차도 말입니다."

"……."

"덕분에 이렇게 무기를 들일 수 있었습니다."

무기를 들일 수 있게 해 준 상인으로부터 이야기를 들었다.

바란 대로 화기를 입수했지만 개운한 기분이 전혀 들지
않았다.

오히려 높아졌던 기대만 낭떠러지 앞에서 떨어진 느낌이
었다.

입을 다문 채로 심기 불편함을 보이는 이적에게 저수량
이 말했다.

"이런 나라가 되지 않도록 만드는 것이 우리의 목표입
니다. 나라가 백성을 위하면 백성 또한 나라를 위할 테니
까 말입니다. 백성을 위하지 않으니까 이런 일이 벌어집니
다."

그 말에 이적이 고개를 끄덕였다.

천하가 어지러울 때 어떤 일이 일어나는지를 이미 한 번
경험했다.

사람이 지켜야 할 도리를 지키지 않고 모든 법도를 무시
했다.

그렇게 함으로써 온 세상이 혼란에 빠졌고, 오직 강자만
이 살아남을 뿐이었다.

그러한 강자를 또 다른 강자가 나타나서 제압한 뒤 백성
을 도구로 삼고 노예로 부렸다.

마치 당나라 황실 같았다.

자신들이 세운 나라가 그렇게 되었다는 사실에 몹시 착
잡한 기분을 느꼈다.

나라를 다시 새롭게 일궈서 세워야 했다.

상자 안에 담겨 있던 소총을 장손무기도 들면서 살폈다.

그가 모여 있던 사람들에게 말했다.

"어떤 거짓으로도 하늘을 속이지 않을 것이오. 하늘을 속여서 구하게 되는 것은 오직 역사의 비웃음 밖에 없소. 그런 불명예를 백성들에게 선사하지 않을 거요. 우리는 이 땅의 후손들을 위해서 싸울 거요."

이미 환갑을 넘긴 노인이었다.

하지만 이제야 모든 것을 시작할 수 있었다.

어떤 한 사람을 따르는 것이 아닌, 오직 백성을 위해서 신념을 일으켜 세우기 시작했다.

그 어떤 장애도 가슴에 품은 대의를 무너뜨릴 수 없었다.

어두운 밤이 찾아왔을 고요함을 깨우는 천둥소리를 일으켰다.

그것은 천하를 일깨우는 크나큰 외침이었다.

새벽이 되었을 때 다시 새로운 역사를 맞이하게 됐다.

요동으로 고려의 정예군이 몰려들었다.

고보장이 앞장서다

평야와 산을 경계로 세워진 성이었다.

먼 서쪽 너머가 적지였기에 큰 성이라도 그곳은 최전선이었다.

때문에 감시와 경계를 소홀히 할 수 없었다.

성을 지키는 것이 곧 식구들과 고려를 지키는 것이었다.

적이 오면 곧장 성문을 닫고 맞서 싸워야 했다.

긴장한 상태로 요하 건너 요서를 살피는 가운데, 그날따라 유독 군사들이 긴장하고 있었다.

등 뒤 계단에서 일어나는 발자국 소리에 등골에서 소름이 일어날 지경이었다.

그리고 돌아선 장수가 화들짝 놀라면서 머릴 숙였다.

그가 군례를 올리자 앞에 선 자가 환하게 웃었다.

그는 천군이라 불리는 사람이었다.

"니가 천호장이구나."

"예! 어르신!"

"고생이 많다."

"아닙니다!"

"긴장하지 마."

"예!"

"내가 겁나냐?"

"아닙니다!"

"조금 있으면 상태왕 폐하와 영의정 어르신께서 오실 거니까, 오시면 너만 군례를 올리고 군사들과 함께 경계를 서 알겠지?"

"예… 예! 어르신!"

"잠시 기다려."

"……!"

천군의 말 한 마디, 한 마디에 심장이 오르락내리락 했다.

미리 천군과 상태왕과 영의정이 온다는 이야기를 들었지만, 온 사지가 떨릴 정도로 크게 긴장할 수밖에 없었다.

그 만큼 세 사람이 위대했고, 말 한 마디에 수십 만 군사가 움직일 수 있었다.

특히 성을 찾아온 상태왕은 불과 1년 전만 하더라도 온 나라를 다스렸던 태왕이었다.

그의 말 한 마디로 사람을 살렸다 죽였다 할 수 있었다.

물론 백성을 아끼고 사람을 함부로 죽이는 위인은 아니었지만, 감당하기 힘든 부담을 안는 것은 사실이었다.

식은땀을 흘리면서 그가 오기를 기다렸고, 이내 성벽 계단에서 묵직한 걸음 소리가 일어나는 것이 들렸다.

그의 머리가 드러나자 심장이 쿵쾅쿵쾅 뛰었다.

그리고 절도 있게 머리를 숙이면서 군례를 올렸다.

그가 자신에게 위엄 있는 목소리로 말했다.

"수고가 많구나."

"아닙니다!"

"이곳에서 그동안 나라를 지켜왔을 텐데, 고맙다는 말부터 전하고 싶다."

"폐… 폐하…….."

"앞으로도 힘써서 고려를 지켜 달라."

"예! 폐하!"

요동을 지키는 천호장의 어깨를 고보장이 두드렸다.

그의 감사를 들은 천호장이 벅찬 감정을 느꼈다.

이내 성벽 위를 지키는 병사들에게도 그 마음이 전해졌고, 함께 힘써서 자신들이 거주하는 성을 지키고자 했다.

자신들의 집을 지키는 것이 곧 고려를 지키는 일이었다.

군사들의 자부심을 고보장이 알아보면서 미소 지었다.

그들에게 적절한 포상이 내려지도록 조치가 내려졌다.

발걸음을 옮기면서 오성에게 안내를 맡겼다.

"앞장 서 달라."

"예. 폐하."

함께 걸음을 옮기면서 상태왕과 영의정을 이끌었다.

성벽의 높낮이가 있었기에 어떤 곳은 지대가 높아서 더 먼 서쪽을 살필 수 있었다.

그곳에 오성과 고보장과 연개소문이 함께 섰다.

군사들의 호위를 받는 가운데, 요하 너머를 보면서 이야기 했다.

연개소문이 입꼬리를 올리면서 말했다.

"고요하군요."

"예. 어르신."

"하긴, 조용히 지내야겠지요. 우릴 공격했던 대하굴가와 대하아복고가 끝내 숨졌으니까 말입니다. 물론 새로운 추장을 세웠겠지만 말이지요."

"우릴 공격했다가 패하고 추장이 목숨을 잃었지만 아직도 빚은 남아 있습니다."

"부족민들에 대한 보복이지요."

"비록 강제로 따른 것이라고 해도 추장을 따른 죗값은 여

158

전히 남아 있습니다. 그리고 이번 그 죗값을 치를 겁니다. 어떻게 하느냐에 따라서 그 값이 비싸질 수도, 값싸게 치를 수도 있습니다. 채권을 지닌 우리가 빚을 변제해 줄 수도 있습니다."

오성의 이야기를 듣고 연개소문이 고개를 끄덕였다.

그가 말한 채권이 무엇을 의미하는지를 알고 있었고, 미래 대한민국에서 쓰는 말인 것을 알았다.

연개소문과 함께 고보장이 곁에서 이야기를 들었다.

그리고 앞으로 벌어지는 일을 상상했다.

동시에 아쉬운 마음을 오성에게 나타냈다.

"그래도 크나큰 대업을 이루는 일인데 출정식이 없다는 것이 아쉽군."

고보장의 말에 연개소문이 말했다.

"기밀을 유지하기 위해서이니까 말입니다. 만약 출정식을 위해서 군사들을 모았다면 이미 당나라에서도 우리의 출전 계획을 파악했을 것입니다."

"교역로가 열려 있기 때문인가?"

"상인들이 빠르게 소식을 알립니다. 때문에 대군을 동원할 수도, 출정식을 성대하게 열 수도 없습니다. 정예군을 모아서 빠르게 기습을 벌이고 군사들을 차례대로 동원해야 됩니다. 혹은 우리 편에 설 철륵 부족들과 함께 해야 됩니다. 우의정의 판단이 백 번 옳습니다. 폐하."

"······."

"오히려 저는 폐하께서 친군하시는 것이 염려됩니다."

미소를 짓고 있었지만 마음은 그렇지 못했다.

자유를 얻게 된 상태왕이 군을 이끌고 출전하기로 했다.

누구도 그의 의지를 막을 수 없었고, 태왕에게 양위했던 순간부터 일어날 일이라고 생각했다.

연개소문의 염려를 듣고서 고보장이 미소를 지으면서 이야기 했다.

"이제는 짐이 할 수 있는 일이니까. 그동안 별 일 없으면 태왕으로서 궁을 지켜야 했지만, 이제 그 일은 짐이 아닌 해정이 할 일이다. 해정이 태왕이니까 말이다. 짐보다 더욱 나라와 백성을 위하고 천하를 평안하게 할 것이다. 짐은 선태왕이신 영락 태왕처럼 초원을 달릴 것이다."

오랫동안 품어왔던 꿈이 있었다.

드넓은 대지를 달리면서 고려를 대국으로 바꿔 놓았던 선조의 유지를 이으려고 했다.

이미 많은 것을 이뤘지만 개인적인 꿈을 이루지는 못했다.

영락이라는 연호를 썼던 광개토태왕처럼 대지를 질주하고자 했다.

선태왕이 고려의 세상을 넓힌 것처럼, 자신의 손으로 천하 만민을 위한 대업을 이루고자 했다.

꼭 자신의 능력으로만 하는 것이 아니라, 그것을 이뤄가는 천군과 신하들과 백성들과 함께 하고 싶었다.

그런 고보장의 바람을 연개소문이 알고 있었다.

함께 따라가고 싶었지만 나라와 백성을 위해서 남아야 했다.

그 사실을 고보장이 알고 있었다.

"미안하다."

"아닙니다."

"그래도 공이 있기에 짐이 천군과 함께 북방으로 향할 수 있다. 공과 좌의정이 태왕의 곁을 지킬 테니까 말이다. 우리가 목표한 바를 이루게 된다면 그것은 아마도 공과 좌의정 덕분일 거다."

연개소문을 향한 신뢰를 고보장이 드러냈다.

그의 이야기를 듣고 연개소문이 진중한 모습으로 머릴 숙였다.

감사를 전했고 부디 그가 무사히 돌아올 수 있기를 원했다.

아마도 그렇게 될 것이라, 천군에 대한 믿음을 세웠을 때 소식을 전하기 위해서 다가오는 장수의 발걸음 소리를 들었다.

"무슨 일입니까?"

연개소문이 물었고 장수가 보고를 올렸다.

"1시간 후에 속말군이 도착합니다. 그리고 특수대라고 알린 부대도 곧 도착한다고 합니다. 요동성 동쪽 산 길에 접어들었습니다."

함께 북방으로 진격할 군사들이었다.

이미 천군과 상태왕과 함께 달릴 개마대가 준비되었고, 그들은 요동 각 성에서 모인 무사들이었다.

그들과 함께 속말군이 진격하려 했다.

그리고 특수대로 부대 명을 가린 용호대도 요동성에 이르렀다.

한 시간 후, 요동성 동문으로 장수가 보고했던 부대들이 모여들었다.

전원 군마를 타고 있었고 가볍고도 튼튼한 갑옷과 창검과 각궁으로 무장하고 있었다.

또한 권총이라는 화기로 무장하고 있었으니, 언제 어느 때건 상황에 맞게 적절한 무기를 선택해서 싸울 수 있었다.

그런 군사들을 각각 걸사비우와 온연수가 지휘하고 있었다.

오성을 만난 걸사비우가 환하게 웃으면서 인사했다.

"형!"

"오랜만이다. 어, 잠깐?"

"왜 그래?"

"키가 좀 큰 것 같은데? 잠시 옆으로 와 봐. 확인 좀 하게."

상태왕과 영의정에게 인사를 시킨 후였다.

거의 옆으로 메다시피 했던 대검을 비스듬하게 메고 있었다.

그런 걸사비우와 어깨를 나란히 하면서 키를 비교했고, 놀라게 됐다.

"우와?! 컸네?!"

"정말?!"

"반 뼘 정도 컸어!"

언제나 어린아이 같았던 걸사비우의 키가 조금 컸다.

여전히 어린아이 같았지만 자라난 키에 오성이 놀라워했다.

그리고 형의 말에 걸사비우가 의기양양했다.

"역시! 내 말이 맞다니까! 아니, 저 놈들이 내가 컸는데도 아니라고 말하잖아! 부철 놈하고 내기를 했었는데, 형이 내 키를 증명해줘서 다행이야! 이제 부철이 암말들은 내 말이야!"

걸사비우가 속 시원함을 드러내면서 오성에게 말했다.

본의 아니게 암말들을 얻게 된 흑정이 콧바람을 일으키면서 기뻐했고, 졸지에 걸사비우의 키가 그대로라고 말했다가 말들을 잃게 된 부철이 이마를 짚으면서 괴로운 표정을 짓게 됐다.

그리고 추장인 걸사비우와 부철 편으로 나뉘어서 내기를 걸었던 전사들의 희비가 엇갈렸다.

한쪽은 쌍수를 들면서 기뻐했고, 한쪽은 장탄식을 일으키면서 한숨을 쉬었다.

그래도 추장의 키가 반 뼘이라도 커서 다행이었다.

그런 걸사비우와 속말군을 보면서 고보장이 미소 지었다.

함께 선 연개소문도 입꼬리를 올리면서 흐뭇하게 보는 가운데, 두 사람 앞으로 다가온 연수가 머릴 숙이면서 인사를 전했다.

그리고 상태왕의 행차를 예상하지 못했었던 사실을 알렸다.

"영의정 어르신께서 오신다는 말씀은 들었습니다. 하지만 상태왕 폐하께서 오신다는 말씀을 듣지 못했습니다. 혹, 저희들이 출전하는 것을 환송해 주시기 위해서 오셨는지요?"

영의정에게 여쭈었고, 고보장이 친히 알려줬다.

"짐도 출전한다."

"예?"

"영의정과 좌의정을 대신해서 말이다. 그리고 태왕이 허

164

락한 권한으로 우의정과 함께 북방의 족속들을 상대로 협상할 것이다.”

“…….”

이야기를 듣고 연수가 심히 놀랐다.

고양이처럼 큰 눈을 더욱 동그랗게 떴다.

미리 군이 출전하여 요서를 공격한 후 북방으로 향할 것이라고는 알았지만 상태왕과 함께 출전하리라고는 전혀 예상하지 못했다.

그리고 그것은 용호대 대원들도 마찬가지였다.

“상태왕 폐하께서 함께 가신다고?”

“어떻게 이런 일이……!”

“그러면 경호는 어떻게…….”

당황하는 모습을 보이면서 더욱 많은 군사들이 출전하지 않는지 주의를 살폈다.

그때 고보장이 다시 말했다.

“짐이 선봉이다. 그리고 짐이 선봉에 서는 것을 언제나 꿈꿔 왔다. 영의정과 좌의정이 우리 대신 고려를 지킬 것인 즉, 짐은 그대들과 천군과 함께, 영락 태왕의 꿈을 안고 초원을 달릴 것이다. 짐에게 그대들과 함께 하는 영광을 안겨다 주겠나?”

상태왕의 말에 가슴에서 울컥하는 감정이 일어났다.

오성과 인사를 나누던 걸사비우와 속말 전사들도 함께

이야기를 들었다.

그리고 벅차오름을 느끼면서 주먹을 불끈 쥐었다.

"폐하를 위해서 죽겠습니다!"

"어떤 적이 나타나서 폐하를 노린다면 반드시 저희들에게 죽을 것입니다!"

"누구도 감히 대고려의 위엄이신 상태왕 폐하께 도전할 수 없을 것입니다!"

"폐하와 함께 출전함을 허락해주셔서 감사합니다! 저희들의 후손들이 이를 자랑스럽게 여길 것입니다!"

"감사합니다! 폐하!"

일제히 머리를 숙이면서 받은 영광을 드러내어 보였다.

함께 싸울 전우들에게 고보장이 미소를 보이면서 감사를 전했다.

"고맙다."

이어 상온을 비롯한 대원들과 전사들이 일제히 소리쳤다.

"대고려국 만세!"

"만세!"

"대고려국! 상태왕 폐하! 만세!"

"만세! 만세! 만세! 와아아아아아!"

함성이 크게 일어났다.

함께 있던 요동 개마대도 소리치면서 열광했다.

비록 1만 명을 조금 넘는 군사들이었지만 그 기백과 용기는 10만 대군을 아득히 뛰어넘고 있었다.

상태왕과 함께 선조들이 선물로 주었던 영광을 이어 나가려고 했다.

출전 준비가 모두 끝마쳐졌다.

요하 도하를 위해서 비사성에서 출전한 수군이 거의 도착했다는 보고가 전해졌다.

요동성 동쪽에 집결했던 군이 서쪽 평원에 이르렀다.

서북으로 출전하다

한 사람의 죽음으로 큰 혼란을 겪었다.

하지만 그 혼란이 계속 이어지지는 않았다.

반드시 이겨내야 했고 버텨야 했다.

그래야 후손들에게 땅을 물려줄 수 있었다.

요하와 요동이 잘 보이는 산이었다.

산에 세워진 망루에 거란 군사들이 올라서서 경계를 벌였다.

먼 동쪽 대지와 요하를 살피면서 고려군의 움직임을 살폈다.

그러다가 이제 존재하지 않는 사람에 대해서 이야기 했다.

눈앞에서 힘없이 쓰러졌던 사람의 모습을 기억했다.

그는 자신들이 생각하기에 대단하다고 여겼었던 사람이었다.

"정말 작았었지……."

"뭐가?"

"뭐긴 뭐겠어. 도독을 살해했던 화살이지."

"……."

"세상에 그런 화살로 도독이 쓰러지다니… 몇 백 보나 가로질러서 도독이 입었던 갑옷마저 뚫을 줄은 몰랐어. 대체 고려 놈들은 어디서 그런 무기들을 구하는 거야? 천둥을 일으키는 무기도 고려가 가장 뛰어나다는데 앞으로 어떻게 우리 땅을 지켜야 할지 모르겠어."

요서 서남쪽에 임유관이 있었다.

임유관 너머는 실질적인 당나라 땅이었고, 가까운 북평에 설례가 지휘하는 군사들이 주둔하고 있었다.

고려군과 똑같은 천둥을 일으키는 무기로 무장하고 있었다.

하지만 고려군이 훨씬 강한 무기를 보유하고 있었다.

온 땅을 뒤집고 천지를 깨트릴 것 같은 위력을 가지고 있었다.

그런 무기를 언제 어느 시점에서부터 가지게 되었는지 거란 병사들이 기억했다.

"천군이 나타났을 때부터지……."

"권오성이 말이야?"

"놈이 나타난 뒤로 고려의 모든 것이 바뀌었어. 그래도 고려가 강한 나라였지만 당나라만큼은 아니었어. 하지만 지금은 달라. 우리가 봐도 당나라보다 고려가 훨씬 강해."

"……."

"어쩌면 우린 처음부터 고려에 맞서지 말아야 했어."

뒤늦은 후회였다.

이제 당나라보다 고려가 강하다는 사실을 인지하고 있었다.

하지만 의미가 없었다.

머릿속으로 당나라 편에 서봐야 어떠한 해결책이 없다는 것을 알면서도, 그저 상관의 지시를 따를 뿐이었다.

산을 지키는 천호장의 명령을 명령처럼 따라야 했다.

새로운 도독이자 추장의 명을 따라야 했으니, 전의 도독이었던 이아복고가 죽으면서 이진충이라는 자가 도독과 추장 위에 올랐다.

그 또한 거란의 장수였고 고려에 맞서는 자였다.

그저 다행으로 여기는 사실을 떠올리고 있었다.

"도독께서 돌아가셨을 때, 고려 놈들이 쳐들어오지 않아서 다행이야."

"진랍을 도울 때니까."

"진랍을 돕는다 해도, 우리까지 상대 못할 정도는 아니었잖아. 북평까지는 모르겠지만 말이야. 도독께서도 전사하신 상황이었는데, 나는 고려가 우릴 봐줬다고 생각해. 굳이 봐줘야 할 이유가 있는지는 모르겠지만 분명히 놈들은 우릴 칠 수 있었어."

고려군의 강함을 알고 있었다.

그리고 진랍에서 어떤 일이 일어났는지 알고 있었다.

선제가 된 황제가 고려 동맹을 공격한 것에 대한 보복으로 거란 추장이 목숨을 잃었다.

상인을 통해서 알게 된 사실이었고, 때문에 당 황실과 조정이 잠자코 있어주기를 바랐다.

고려의 시선이 거란으로 향하지 않기를 원했다.

전군을 동원해서 진격해 온다면 절대로 살아남을 수 없었다.

때문에 고려군의 움직임을 면밀히 살펴야 했다.

요하를 건너는 모습이라도 보인다면 즉시 임유관으로 알려야 했다.

망루에 서서 먼 동쪽을 보았고, 안개가 드리워지는 것을 보았다.

"뭐야? 앞이 안 보이는데?"

"보이지 않는 것은 어쩔 수 없으니까 요하라도 잘 살펴."

"알겠어. 그런데 저거, 배들 아냐?"

"어디?"

"저기 말이야. 강을 거슬러 올라오는 것 같지 않아?"

"그런 것 같은데……."

"설마, 고려 수군 전선들은 아니겠지……?"

"……."

가까운 요하를 거슬러 올라가는 배들이 보였다.

대략 서른 척이 조금 넘는 배들이었고, 그 중 10척은 멀리서 봐도 선체가 큰 배들이었다.

판옥선들과 작은 협선들이 몰려오고 있었다.

고려군이 뭔가를 꾸민다는 생각에 바짝 긴장했다.

그리고 안개 너머를 주시했다.

바람 한 점 없는 고요함이 마치 폭풍 전야 같았다.

요동성 서쪽에 고려의 정예 기병들이 모였다.

화기를 사용할 수 있는 5천 속말군과 5천 개마대가 집결했고, 철 수레에 화포와 포탄, 탄약 등을 실으면서 빠르게 움직이면서 싸울 수 있게 했다.

그리고 홀로 천 명의 군사들을 상대할 수 있는 용호대 대원들이 집결했다.

그들을 지휘하는 온연수와 상온, 연남생, 걸사비우와 부철이 함께 했고, 천군인 권오성과 상태왕인 고보장이 선두에 서서 출전하려고 했다.

1만 군사를 조금 넘었지만 여느 나라의 10만 대군보다도 훨씬 강했다.

그리고 그들보다 강한 군사들이 있었으니, 흑개마대 무사들과 을지현과 연개소문이 지켜보고 있었다.

원정군이 출전한 후에 요동에서 변경을 지켜야 했다.

대걸걸중상 지휘하는 육군 1군단이 요동 일대를 지키면서 방어를 철저히 했다.

그리고 여차하면 따라 진격할 수 있었다.

모든 군의 전투 준비가 마쳐진 상태에서 계획에 맞게 움직이려고 했다.

이제 출전만을 남긴 상태에서 용호대 조장이 되어 대원들을 이끄는 남생에게 연개소문이 천천히 말을 몰면서 다가섰다.

그동안 전하지 못했었던 마음을 조금 전하였다.

"이런 날이 오게 될 줄은 몰랐군요."

"예?"

"이 나라 정예군을 이끌고 당당히 출전하게 될 줄은 말입니다."

"……."

"이제야 하는 이야기이지만 아비는 단 한 번도 포기하지 않았습니다. 비록 천군의 도움이 있었지만, 그런 도움을 받아서라도 이 나라를 지킬 수 있는 힘을 보탤 수 있게 된 사실에 감사함을 느낍니다. 그러니 부디, 이 나라와 백성들과 정의를 지키세요. 충분히 그렇게 할 것이라고 믿습니다."

자식에 대한 신뢰를 드러냈다.

잔잔한 미소가 아비의 입에 걸려 있었고, 그의 이야기를 들은 남생이 멍한 모습을 보이다가 아비의 뜻을 알게 되면서 미소 지었다.

머리를 숙이면서 고려에 남을 아버지에게 인사했다.

"명심하겠습니다, 아버지. 폐하와 백성들과 정의를 위해서 싸우겠습니다. 이 나라를 지키고자 하셨던 아버지의 노력을 허사로 만들지 않겠습니다."

깊이 다짐하면서 아버지에게 말했다.

자식의 결의를 듣고 연개소문이 만족했는지 입꼬리를 끌어당겼다.

그리고 시선을 옮겼다.

남생의 상관이자 용호대를 지휘하는 연수에게로 시선이 향했다.

그녀의 허리에 긴 검이 메어져 있었으니, 그 검이 어떤 검인지를 연개소문이 알고 있었다.

오랫동안 그 검의 주인이 누구인지 알고 있었다.

그저 말하지 않았을 뿐이었다.

검의 주인인 연수에게 당부를 전했다.

"화기마저 다룰 수 있으니, 어떤 무장이라도 상대할 수 있겠지요?"

"예. 어르신."

"하지만 원정을 떠나면 어떤 일도 일어날 수 있다는 것을 알 겁니다. 우리 화기가 매우 강력하지만 탄약이 떨어지면 그때부턴 활과 검으로 싸워야 합니다. 다행히 용호대장은 강합니다. 이 나라에서 손에 꼽을 정도로 말입니다. 그 검으로 상태왕 폐하를 지켜주기 바랍니다."

연개소문의 믿음에 연수가 머리를 숙이면서 대답했다.

"말씀하신 대로 상태왕 폐하를 지키겠습니다. 그리고 저격조장과 함께 적의 접근을 막겠습니다. 심려치 마십시오, 어르신."

연수의 대답을 듣고 연개소문이 고개를 끄덕였다.

다시 자식과 눈빛을 주고받은 뒤 용호대 대원들의 얼굴을 하나씩 살폈다.

그 후에 오성에게 말했다.

"출발하세요."

오성이 천천히 말을 몰아 고보장 곁에 섰다.

철풍의 머리를 돌린 연개소문이 을지현의 곁에 섰고, 주위를 살핀 고보장이 출전할 준비가 끝났는지 천군에게 물었다.

"이제 출발하면 되는가?"

"예. 폐하."

"허면 전군은 짐을 따르라. 오늘 내로 요하를 건널 것이고, 내일 영주성을 점령할 것이다. 가로막는 적군이 있다면 모두 깨트린다."

"예! 폐하!"

"절대로 뒤처지지 마라!"

그토록 소망했던 순간이었다.

그저 평양에서 백성들의 죽음을 지켜보는 것이 아닌, 그들과 함께 싸우고 미래의 영광을 나눠 가지고자 했다.

광개토태왕이 초원을 달렸듯이, 자신도 전우들과 함께 달리고자 했다.

앞발을 치켜세우고 제일 먼저 고보장이 달려 나갔다.

그를 보위하는 오성이 큰 소리로 군사들을 이끌었다.

"전군 앞으로! 상태왕 폐하를 따르라!"

"와아아아!"

"대고려국 만세!"

함성을 지르면서 고삐 줄을 튕겼다.

안개가 드리워져 있었지만 대업을 이루려는 이들의 진격을 막을 수 없었다.

천지를 진동시키면서 요동 벌판을 달렸다.

성벽 위에 서 있던 군사들이 환호하면서 손을 번쩍 들었다.

기필코 싸워 이길 것이며, 서역과 북방을 잇는 교역로를 열 것이라고 생각했다.

멀어지는 군사들을 연개소문이 잠시 가만히 지켜봤다.

그리고 을지현에게 명을 내렸다.

"평양으로 전령을 보내세요. 상태왕 폐하께서 출전하셨다고 말입니다. 그리고 폐하께 전군 준비 태세령을 요청하세요. 기밀이 해제되었으니 본격적으로 군을 움직여 보는 겁니다."

"예. 어르신."

그동안 비밀로 유지했었던 기습이 시작되었다.

군이 요하를 건너면 군의 원정은 기정사실이었다.

전군을 일으켜서 당나라가 함부로 움직일 수 없도록 만들려고 했다.

고요했던 바람이 불기 시작했다.

아래로 깃을 떨어트리고 있던 삼족오기가 흔들리기 시작했다.

이내 깃발이 바람에 펼쳐지면서 나부끼기 시작했다.

메아리 같은 함성이 요하 서쪽 산까지 들렸다.

"뭐야, 지금……."

"함성 소리 같은데……?"

"땅에서도 소리가 일어나고 있어. 뭔가 땅을 두드리고 있어!"

"대체 요하 건너에서 무슨 일이 일어나는 거야?"

짙은 안개 때문에 앞을 볼 수 없었다.

하지만 고요했던 바람이 세게 불어오자 앞을 가리던 안개가 산 능선을 타고 넘기 시작했다.

하얀 수증기가 마치 강물처럼 흘러 지나갔고, 이내 옅어지면서 앞이 보이기 시작했다.

요하를 거슬러 올라오던 배들이 횡렬로 정렬해 있었다.

그 위로 판들이 놓여서 이어져 있었다.

협선 위로 놓인 판들이 다리가 되어주고 있었다.

하지만 망루에 선 병사들의 시선은 전혀 다른 곳으로 향해 있었다.

훨씬 멀리, 소리와 진동이 일어나는 곳으로 향해 있었다.

먼 동쪽에서 흙먼지 구름이 일어나고 있었다.

"저거 설마, 놈들이……."

등골을 서늘하게 만드는 함성이 들려왔다.

—진격하라!

"……?!"

정신이 번쩍 들었다.

한 순간에 온 사지가 저리기 시작했다.

망루에 선 거란 병사들이 다급해졌다.

"고려 놈들이잖아!"

"놈들이 요하로 달려오고 있어! 기병이야!"

"어서 영주성으로 소식을 알려야 해! 커헉!"

도독부로 급보를 전하려고 했다.

하지만 소식을 미처 전하기도 전에 가슴에 큰 구멍이 뚫렸다.

흉부를 파고든 날카로운 흉기에 온 기력을 내쏟고 흘렸다.

이내 정신을 잃어버리면서 망루 위에서 떨어졌다.

바닥에 떨어진 병사들의 가슴에 화살이 박혀 있었고, 그들에게 화살을 쏘아 날린 자들이 나무와 바위 뒤에서 모습을 드러내고 있었다.

하나같이 손에는 탄성이 뛰어난 각궁이 들려 있었다.

침묵 속에서 요서를 취한 존재들에게 징벌을 가했다.

먼저 요하를 건넜었던 치혁의 눈이 빛났다.

거란으로 진격하다

　산 진중이었다.

　요하와 요동 감시를 위해서 거란 군사들이 머무는 작은 진채가 있었다.

　일정 기간 동안 머물면서 숙식을 해결하는 곳이었으니, 그 날도 아침에 불을 떼면서 고기를 구웠다.

　밀가루에 물을 부어서 반죽한 뒤 전병을 만들었다.

　둘러앉은 군사들이 여유롭게 식사하면서 이야기 했다.

　"오늘 구운 고기가 아주 제대로인데?"

　"그렇지요, 대장?"

　"역시 고기는 어제 잡은 고기가 최고지. 며칠 지나면 소금을 아무리 많이 뿌려봐야 소용없다니까. 바로 잡아서 구워 먹는 게 최고야. 그런데 요즘 안개가 왜 이리 많이 끼는 거지?"

"바람 없는 날이 많아서인 것 같습니다."

"보통 새벽에 안개가 끼는데, 오늘처럼 낮에 끼는 경우는 처음인 것 같아. 하지만 곧 걷히겠지. 너희들은 경계 교대해야 되니까 빨리 먹어. 여기 좋은 부위로 배불리 먹고."

"예. 어르신."

"안개가 걷히면 함께 순찰할 거야."

백장이 군사들과 함께 식사하고 있었다.

매일 보는 사이로 질리기도 했지만, 나름 좋은 분위기 속에서 함께 지냈다.

함께 고향과 거란이라 불리는 부족민들을 지키려고 했다.

그들이 지키는 산에서 고려의 움직임을 살폈다.

그리고 그 날 유독 안개가 심했다.

산을 감싼 안개는 그들에게 다가서는 작은 인기척마저도 지워버렸다.

잡담에 가려진 그림자가 조용히 목판은 바닥에 세워 놓고 물러났다.

목판의 크기는 손바닥만 했고, 곡선 형태로 굽어져서 밖으로 굽어진 방향이 거란 군사들에게로 향해 있었다.

자신들이 어떻게 될지 전혀 모르는 상태에서 군사들이 사담을 늘여놓았다.

목판에서 이어진 선이 늘어뜨려졌고 선 끝에 부싯돌이 부착 된 격발기가 '치익!' 하는 소리를 일으켰다.

이내 불씨가 튀면서 선이 타들어갔다.

그리고 바람이 불기 시작했다.

짙어졌던 안개가 능선을 따라 흐르면서 흩어지기 시작했다.

식사하던 군사들이 주위를 돌아봤다.

"오!"

"걷힌다!"

"해도 보이기 시작합니다! 어르신!"

그 말이 끝난 직후였다.

쾅!

"으악!"

콰콰쾅! 콰쾅!

폭발이 연속해서 일어났다.

그리고 폭음이 온 산과 하늘을 뒤흔들었다.

산중의 진채가 완전히 파괴되고, 무너진 진채에서 연기들이 피어올랐다.

솟구친 흙먼지는 100리 밖에서도 알아볼 수 있었다.

전속력으로 달리던 원정군이 요하에 이르렀다.

"용호대의 공격인가?!"

"예! 폐하!"

"보아하니 폭약을 터트린 것 같군!"

산에서 피어오르는 연기를 보면서 고보장이 말했다.

상태왕의 말에 바로 뒤에서 달리는 오성이 설명을 더했다.

"용호대 조장 치혁이 적지 공격에 성공한 것 같습니다! 산 서편에 이르면 아군에 합류할 것입니다!"

용호대 중 일부 조와 대원들이 미리 요하 건너편에 있었음을 알렸다.

치혁과 대원들이 산에 올라 거란군의 진지를 공격했다.

사용 무기는 활과 소총을 비롯한 모든 무기였고, 특별히 수에서 많은 적군을 쓸어내기 위해 폭약과 대인지뢰까지 사용하기로 되어 있었다.

적절한 사용으로 적진지를 깨끗하게 날려버렸을 것이라고 생각했다.

그리고 무사히 합류하기를 바랐다.

때 맞춰 부교를 놓아준 배 위를 달리면서 요하를 건넜다.

여름에 내린 비로 물이 차올랐던 요택의 수위가 가을을 지나면서 낮아졌다.

늪 아래에서 드러난 뭍을 밟으면서 다시 속도를 높였다.

그리고 산 남쪽을 돌아 서쪽에 이르렀다.

산의 진채를 공격했던 치혁과 대원들이 하산해서 본대에 합류했다.

말을 타고 달려오자 연수가 치혁에게 물었다.

"대원들의 피해는?!"

"없습니다!"

"적은 완전히 섬멸 됐지?!"

"예! 장군! 안개 덕분에 임무 수행이 쉬웠습니다! 완전히 성공입니다!"

대열에 합류하면서 치혁이 대답했다.

그의 외침을 오성과 고보장이 함께 들었다.

기습에 성공하면서 군을 더욱 빠르게 움직이려고 했다.

"속도를 더욱 높여라! 적이 알아채기 전에 영주 성을 친다! 전군! 짐을 따르라!"

"예! 폐하!"

"이럇! 핫! 하얏!"

구름떼를 지면에서 일으켰다.

고삐 줄을 더욱 세게 치면서 요서 깊숙한 땅으로 달려 들어갔다.

당나라와 고려에 속하지 않은 세상이었고, 오래 전에는 조선의 지배를 받았던 땅이었다.

그 안에서 야만과 함께 하는 무리들이 있었다.

생존을 위해 불의와 타협하는 존재들이었다.

초원이 멀리까지 펼쳐진 가운데, 사이마다 언덕과 작은 산이 끼워진 곳이었다.

강변 초지에서 양들과 말이 한가로이 풀을 뜯고 있었다.

그것들의 주인들이 부락을 이루고 살고 있었으니, 불을 피우고 양젖을 끓이면서 식사할 준비를 하고 있었다.

아이들이 양에게 나뭇가지를 휘두르면서 놀고 있었다.

그리고 아이들을 부모들이 흐뭇하게 보고 있었다.

지난날 도둑인 추장을 따라 요하를 건넜다가 죽을 뻔했었던 사실이 악몽 같았다.

다시 그것과 같은 일이 벌어지지 않기를 바랐다.

그렇게 양젖을 끓이고 전병을 준비했을 때였다.

"가르바! 밥 먹어야지! 가르바! 들리니?"

—…….

"가르바!"

식사를 준비한 어미가 양떼와 함께 있던 자식에게 소리쳤다.

이름 부름을 들은 자식이 척만이 있는 쪽을 힐끔 보았다가 반대편을 보았다.

언덕 위에 서서 너머를 보면서 가만히 있었다.

그리고 언덕 너머가 어미에게는 보이지 않았다.

그저 자식과 함께 있던 아이들을 볼 뿐이었다.

천막 안에 있던 아이의 아비가 나와서 물었다.

"불렀어?"

"네……."

"그런데 왜 오지 않지? 가르바!"

이번에는 아비가 자식의 이름을 불렀다.

하지만 자식이 돌아보지도 않고 가만히 있었다.

그런 자식의 행동에 아비가 인상을 쓰면서 발걸음을 옮겼다.

"대체 뭐하는 거야? 이것들이……."

남의 집 자식들까지 살피려고 했다.

그때 언덕 너머에서 굉음이 울려 퍼지는 것을 들었다.

두두두두두……!

"음?"

시간이 지날수록 점점 커지고 있었다.

그리고 잠시 서서 어떤 소리인지 생각하다가, 그 소리가 이미 자신에게 익숙한 소리라는 것을 알게 됐다.

"이런?! 가르바! 가르바!"

소리가 더욱 커졌다.

온 힘을 다해서 자식에게 달려갔다.

언덕 위에 빠르게 오른 뒤 자식을 감싸 안았다.

그리고 자식이 보는 똑같은 풍경을 보게 됐다.

"세상에……!"

땅이 흔들리고 있었다.

그리고 하늘이 울고 있었다.

수 천 넘는 기병들이 멀리서 달리고 있었고, 그들을 본 아이의 아비가 바짝 얼어붙었다.

군사들이 세운 깃발에 금색으로 빛나는 새 문양이 새겨져 있었다.

흑색 바탕에 금수로 새 문양을 새긴 깃발이었다.

그리고 그 새는 두 발이 아닌 세 발이었다.

그것을 보고 이내 금색의 새가 아니라는 것을 알았다.

삼족오기가 휘날리고 있었고 아이의 아비가 어떤 일이 일어났는지를 알게 됐다.

"이런! 망할……!"

아이를 안고 뛰었다.

그리고 다른 아이들까지 챙겨서 반대편으로 뛰라고 말했다.

천막으로 달려오자 언덕 너머의 상황을 알 수 없는 그의 부인이 물었다.

"무슨 일이에요? 무슨 일이기에 이렇게 다급히……."

남자가 겁에 잔뜩 질린 목소리로 말했다.

"고려군이야!"

"예?"

"고려군이 몰려왔어! 기병들만 수천이 넘어!"

"……?!"

"조금 있으면 놈들의 대군이 몰려 올 거야! 그러니까 어서 피해야 해!"

남자의 다급한 소리에 처음에 무슨 소리인가 했다.

하지만 이내 무슨 일이 일어났는지를 깨닫고 어안이 벙벙해졌다.

언덕에 가려서 보이지 않았지만 무수한 군사들이 몰려왔다는 것을 알았다.

기병들이 일으키는 발굽 소리가 세상을 채우고 있었다.

살아남기 위해 급히 도망치기 시작했다.

천막과 옷도 전부 버려 둔 채 말 위에 올랐다.

그리고 소리가 들리지 않는 곳으로 내달렸다.

겨우 챙겨보려던 평안이 흩어졌고, 이제는 약탈할 힘조차도 없는 사람들에게 큰 충격이 가해졌다.

부족민들의 부락을 달리는 고려 군사들이 공격하지 않았다.

오직 상인들을 통해서 파악해둔 길을 달릴 뿐이었다.

그 길을 따라 영주 성으로 빠르게 달렸다.

그나마 송막에서 고을이라 할 수 있는 곳이었다.

188

여느 나라의 성들만큼이나 제대로 된 성이 세워진 곳이
었다.

성벽 위에 초병들이 서서 경계를 벌이고 있었다.

위치를 지키는 초병과 성벽을 따라서 걷는 보초가 함께
지키고 있었다.

그때 초병 중 한 사람이 미간에 힘을 싣고 목을 앞으로 내
밀었다.

"뭐야? 뭐라도 발견했어?"

함께 서 있던 초병이 물었다.

그리고 인상을 쓰던 초병이 남쪽 먼 곳을 가리키면서 물
었다.

"저기 평범한 먼지 구름 아니지?"

"어디? 저기?"

"길 끝에서 먼지 구름이 일어나고 있잖아."

"그런 것 같은데……?"

"지금 바람이 불지 않는데 먼지 구름이 일어날 수 있나?
뭔가……."

"잠깐, 앞에서 뭔가 달려오고 있어."

"뭐?"

"자세히 봐. 먼지 구름 앞에 말이야. 짐승들이 달려오는
것 같아."

"……."

뭔가가 달려오고 있었다.

하지만 너무 멀어서 무엇이 달려오는지 단 번에 알 수 없었다.

앞에서 달리는 것들이 그저 짐승들이라고만 생각했다.

하지만 시간이 지나자 희미하던 윤곽이 조금씩 보이기 시작했다.

짐승들이 달려오는 것은 맞았다.

하지만 그 위로 타고 있는 사람들의 모습이 보였다.

사람들 사이에 세워진 것들도 눈에 들어오기 시작했다.

"구… 군사들이잖아! 깃발이 있어! 심지어 기병들이야!"

"어디 군사들이야?! 깃발의 문양이 보여?!"

"아직 안 보여! 잠시만 기다려……!"

"대체 어디 놈들이지? 설마 당나라가 우릴 공격할 리도 없고…….."

"이런! 빌어먹을!"

"왜 그래……?!"

"고려군이야!"

"뭐?!"

"고려 놈들이 우리에게 달려오고 있어! 삼족오기가 보여!"

경악에 찬 목소리가 울려 퍼졌다.

초병의 외침에 주위 모든 초병들이 흠칫하면서 놀랐다.

그리고 다시 멀리서 오는 무리들을 봤다.

세워진 깃발이 휘날리고 있었고, 방향에 따라 얼핏 문양이 보였다.

안에서 울부짖는 삼족오 문양이 눈에 들어왔다.

급박함이 초병들에게 일어났다.

"도독께 알려 어서!"

어떠한 징조도 없이 고려군이 송막으로 진격해 왔다.

영주성에 도달하다

종소리가 크게 일어났다.

"비상! 비상! 고려군이다!"

"무기를 들고 어서 위치로 향해라! 빨리!"

성벽의 군관과 장수들이 소리쳤다.

멀리서 고려군이 달려오는 것을 보았고, 삽시간에 송막의 도읍인 영주성이 어지러워졌다.

영주에 거하는 주민들이 아우성을 치면서 이리저리 뛰었다.

그리고 이아복고에 이어서 새로운 도독 위에 오른 자가 보고를 받았다.

그는 이진충이었고 고려와의 전쟁에서 살아남은 몇 안 되는 추장 중 한 사람이었다.

또한 당 황실로부터 이씨 성을 하사 받았기에 이아복고가 죽은 뒤, 당 조정의 결정으로 거란을 통솔할 수 있는 권한을 얻게 됐었다.

그가 보고를 받고 남쪽 성루 위에 올랐다.

그리고 성루를 지키는 장수에게 물었다.

"고려군이 쳐들어왔다고?"

"예! 도독! 기병들의 수만 1만입니다!"

"1만이라고?!"

"아무래도 선봉인 것 같습니다!"

"……?!"

장수의 보고를 받고 그가 가리키는 방향을 보았다.

삼족오기를 휘날리는 고려 기병들이 빠르게 거리를 좁히고 있었다.

그들의 수가 대략 1만 군사로 보였으니, 그 뒤를 따르는 본대는 어느 정도의 규모일지 감이 잡히지 않았다.

때문에 관자놀이에서 식은땀이 흘러내렸다.

등골이 축축해졌고 앞으로 힘든 싸움이 벌어질 것이라는 것을 깨달았다.

전임 도독을 저격했지만 그동안 전쟁에서 싸워 이기면서도 고려군이 요서를 건넜던 적이 없었다.

오직 당 태종이 패하여 연개소문으로부터 쫓김을 당했을 때만 고려군이 요서를 건넜다.

그리고 그때 송막에 대하여 대대적인 공격을 벌인 적이 없었다.

그야말로 처음이었고 송막을 쓰러트리겠다는 고려군의 의지를 읽었다.

기적을 바라면서 속히 장수에게 명을 내렸다.

"임유관으로 전령을 보내라! 지원군을 요청해야 된다! 우리가 놈들에게 굴복하면 그 다음은 당나라가 될 것임을 알려라!"

"예! 도독!"

"전령이 나가면 곧바로 성문을 닫아라!"

급히 명을 내렸다.

성루를 지키는 천호장이 전령을 불렀고 이진충이 알린 바를 빠르게 알려주면서 내보냈다.

말 탄 전령이 영주성에서 빠져 나가자 신속히 성문을 닫았다.

그러자 미처 밖에서 들어오지 못한 주민들이 성문을 열어달라고 소리치다가 도망쳤다.

말보다 느린 발로 살아보려고 안간힘을 썼다.

그리고 천지를 진동시키던 고려군이 성 앞까지 왔다.

달려온 고려 기병들이 넓게 퍼졌다.

194

"결사비우! 속말군과 함께 성 주위를 돌아! 주민들을 공격하지 말고, 알았지?!"

"알겠어! 형!"

"용호대와 개마대는 상태왕 폐하를 호위한다! 넓게 벌려!"

"알겠습니다!"

오성이 군사들에게 명을 내렸다.

그의 명을 따라 영주 성 앞까지 달려온 군사들이 다시 움직였다.

대검을 등에 멘 결사비우가 속말 전사들과 함께 성을 돌기 시작했다.

성을 도는 동안 안으로 대피하지 못한 주민들을 공격하지 않았다.

오히려 피해서 달렸고 성 주위 사방을 살피면서 경계했다.

그럼에도 주민들이 겁에 질리면서 흙바닥에 주저앉았다.

"세상에……!"

"고려군이 왔어요… 어떡해요…….

"관심을 끌지 않도록 가만히 있어!"

"그래도 돼요……?"

"괜히 도망치다가 죽을 수 있어. 오히려 가만히 있는 것이 나아… 놈들은 맞서 싸우거나 도망치면 죽인다고 하니까, 싸우려는 뜻을 보이지 않고 항복하면 살려준다고 했어……!"

그동안 믿지 않았었던 고려군에 대한 소문이었다.

하지만 이제는 믿어야 했다.

소문대로 도망치지 않으면 살려주기를 원했다.

그리고 공격 받지 않았다.

주저앉은 송막 주민을 걸사비우와 전사들이 무시하면서 지나갔다.

그 모습을 주민들과 성벽 위 군사들이 지켜봤다.

"공격하지 않고 그냥 지나갔어……."

"설마, 그 소문이 사실이었나……?"

고려군에 대한 긍정적인 이야기들이 있었다.

그 이야기에 조금씩 신뢰가 일어나기 시작했다.

백 번 듣는 것보다 직접 보고 느끼는 것이 훨씬 나았다.

속말군이 돌면서 영주성에서 어떤 거란군도 나올 수 없었다.

그리고 남은 5천 넘는 군사가 남문 앞에서 일자진을 취했다.

기승 상태에서 대열을 이뤘고, 그것을 본 영주 송막의 군사들이 웅성거렸다.

"갑옷 상태 좀 봐."

"온몸이 갑옷으로 감싸여져 있어……."

"마갑까지 착용되어져 있다니……."

"세상에……."

몰려온 기병들이 어떤 존재인지를 알았다.

고려를 상징하는 군사들이 눈앞에 있었다.

그들은 개마무사라, 온몸과 군마까지 갑옷을 착용하고 있어서 그저 달리기만 해도 보병들에게는 죽음을 내릴 수 있는 존재였다.

그리고 무예로도 능히 일당백의 군사들이었다.

햇빛 아래에서 회색빛 갑옷이 은빛처럼 빛나고 있었다.

"개마대라니… 그래도 흑개마대가 아닌 것이 다행인 건 가……?"

두려움 속에서 위안꺼리를 찾으려고 했다.

최강이라고 할 수 있는 고려의 기병은 흑개마대였다.

하지만 보통의 개마대도 강력한 군사들이었고, 말에서 내리면 얼마든지 공성전을 벌일 수 있었다.

눈에 성을 공격할 수 있는 병기가 보이지 않았다.

그때 뒤에서 따라온 수레를 보면서 이진충이 미간을 좁혔다.

"설마……."

숨 막히는 긴장감이 일어났다.

휴식 없이 바로 전투를 치르고자 했다.

포진 된 개마대 앞에서 고보장이 오성과 연수와 용호대와 함께 섰다.

성 위로 거란 군사들이 줄지어 서 있었고, 그들의 깃발이 바람에 나부끼고 있는 것을 봤다.

그리고 성루에 서 있는 거란 장수들을 봤다.

영주성 앞에 이르기 전에 다른 성문에서 전령이 달려 나가는 것을 보았다.

임유관으로 향했으리라고 여기면서 고보장이 오성에게 물었다.

"우리가 오기 직전에 전령이 나갔다. 전령을 막지 않으면 북평의 당군이 알 게 될 것이다. 놈들이 알아채지 못하도록 명을 내렸나?"

상태왕의 물음에 오성이 연수와 시선을 주고받고서 대답했다.

"용호대 1개 조가 이미 길목에서 기다리고 있습니다. 그리고 국가정보원 요원들도 대기 중입니다. 길목마다 기다리고 있어서 북평으로 소식이 전해질 일은 없을 겁니다."

"봉화는?"

"임유관까지 거리가 상당하고 중간에 성이 많지 않아서 봉화는 존재하지 않습니다. 그리고 솔직히 우리가 송막을 공격한 사실이 알려져도 무방합니다."

"대응할 수 없기 때문인가?"

"지금쯤이면 나라 안에서 태후가 진범이냐 아니냐 가지고 시끌시끌할 겁니다. 장손무기와 이적도 돌아가서 준비 중이니까 말입니다. 때문에 군사들을 동원해서 거란을 돕거나 다시 회복할 수 없을 겁니다. 폐하께서는 그저 앞에 보이는 성만 점령하시면 됩니다."

"그렇군."

"미리 요원들을 통해서 거란군의 규모와 무장 상태를 확인했습니다. 임유관과 북평에는 화기를 보유한 군사들이 있지만 거란에게는 없습니다. 그러니, 적이 항복할 때까지 마음껏 공격하시면 됩니다."

오성의 보고를 듣고 고보장이 고개를 끄덕였다.

달려 나간 전령은 차단 될 예정이었고, 어떤 식으로도 당나라가 대응할 수 없었다.

성을 지키는 군사들도 만 명이 되지 않았으니, 성 안의 백성들이 힘을 더한다 하더라도 오래 버틸 수 없었다.

특히 성을 공격하기 위해서 강한 무기들을 수레에 싣고 왔다.

성을 살핀 후에 고보장이 오성에게 명을 내렸다.

"공성전을 벌일 준비를 하라. 그리고 거란 도독에게 투항을 권고 하라. 항복이 빠르면 빠를수록 더욱 많은 사람들이 구해질 것이다. 짐이 친히 군사들을 이끌고 왔음을 알려라."

"알겠습니다. 폐하."

고보장의 명을 받들면서 오성이 머릴 숙였다.

이내 연수와 개마대장에게 명령을 내렸다. 그리고 뒤에서 대기하고 있던 포병대에게도 화포를 방렬 시키라는 명을 내렸다.

천군으로부터 지시를 받은 연수가 대원들에게 명령했다.

"적 성의 400보까지 거리를 좁힌다! 적의 공격이 있을 수 있으니 철저히 경계해라! 대열을 유지한 상태에서 진군한다!"

"예! 장군!"

천천히 군마를 몰면서 성벽 앞으로 다가갔다.

상온과 남생과 치혁이 앞장서서 대원들을 이끌었다.

그리고 100명이 조금 안 되는 용호대가 다가오자 성벽 위 거란 병사들의 마음이 다급해졌다.

"놈들이 온다!"

"어서 준비해!"

병사들의 외침에 군관들이 소리치면서 진정시켰다.

"놀라지 마라!"

"놈들에게는 성을 공격할 병기가 없다!"

"사다리도 없는 적 때문에 괜히 체력을 낭비하지 말고 보존해라!"

그 말에 소란을 일으키던 병사들이 가슴을 쓸어내리면서 목소리를 낮췄다.

"맞아."

"놈들에게 사다리가 없어."

"하긴, 100명 가지고 뭘 하겠어. 화살만 쏟아 부으면 얼마든지 죽일 수 있어."

기세를 높이면서 용기를 쥐어보려고 했다.

그때 앞으로 다가온 고려 기병들 옆으로 수레들이 서는 것을 봤다.

은빛으로 빛나는 개마대 뒤에서 움직인 수레들이었다.

그 위에서 군사들이 힘쓰면서 수레에 실린 것들을 내렸다.

하나같이 검은 칠이 되어 있었고 묵직해 보였다.

수레에서 내려지는 것이 무엇인지 알아보는 군사들이 있었다.

"저거… 설마…….."

"이런! 천자포잖아! 놈들이 천자포를 가지고 왔어! 전투 준비!"

"빌어먹을 우리에게 화기가 없는데……!"

고려에서 화포라 부르는 무기를 당나라 식대로 불렀다.

수레에서 내려진 화포가 능숙한 포수들을 통해서 이내 조립되었다.

그리고 그 모습을 성루에 선 이진충이 지켜봤다.

"천자포를 끌고 오다니… 설마 이놈들이 지금…….”

기병들이었기에 선봉이라고 생각했었다.

그리고 군세가 있었기에 본대는 10만 명이 넘는 대군일 거라고 생각했다.

하지만 대군이 오기도 전에 공격하려는 것으로써 보였다.

당나라에서 천자포라 부르는 화기가 얼마나 강한지 이미 요동에서 경험했다.

때문에 두려움이 크게 일어났다.

허리에 찬 칼자루에 얹은 손이 떨렸다.

공포에 휩싸인 군사들을 통제할 수 없을 정도로 그 또한 큰 두려움에 빠져 있었다.

그런 거란군의 모습을 연수와 대원들이 지켜봤다.

오성이 곁에 서 있었고 포병대장이 와서 보고를 올렸다.

"방렬이 완료되었습니다! 대장군!"

"좋아. 그러면 지금 바로 포격이 가능하지?"

"예?"

"방렬이 끝났잖아? 그러면 쏠 수 있는 거 아냐?"

오성의 물음에 포병대장이 어리둥절했다.

연수가 대신해서 오성에게 물었다.

"혹시 발포 하실 생각이십니까?"

"쏴야지."

"적에게 투항 권고부터 먼저 하신다고 들었습니다. 하오면 선 포격은……."

연수의 물음에 오성이 미소를 지으면서 알려줬다.

"저렇게 겁에 질렸으니까, 단단하게 경고를 전해야지."

"경고를 말씀입니까?"

"아예 짓뭉개 버릴 정도로 공격하지 않을 거야. 그렇게 하지 않고도 우리가 얼마나 강한지 보여줄 수 있으니까. 싸우면 개죽음 당한다는 생각부터 들게 만들 거야. 그래야 항복하라는 말에 힘이 실려. 그래서 경고인 거야."

오성의 이야기를 듣고 연수가 성을 둘러봤다.

거란 장수들이 서 있는 곳 아래와 위쪽을 보았고, 적군이 서 있는 성벽들을 살폈다.

그리고 오성에게 말했다.

"포병대를 지키겠습니다."

연수의 대답을 듣고 오성이 포병대장에게 명을 내렸다.

"성문과 성루 지붕을 때려 부숴. 그 다음에 항복하라고 권고할 거야. 저 성이 얼마나 약한 성인지 알려줄 거야."

"예! 대장군!"

포병대장이 머릴 숙이면서 명을 받들었다.

이내 돌아가서 포수들에게 화포를 조준하라고 명을 내렸다.

그리고 성루 지붕으로 화포가 조준되자 그 포구가 마치 거란 장수들에게 향해지는 듯했다.

"이런! 제기랄!"

"놈들이 우릴 조준했어! 도망쳐!"

"……!"

자리에서 이탈하며 살아남으려고 했다.

하지만 포병대장의 외침이 훨씬 빨랐다.

"발포하라!"

그가 외친 직후에 천둥이 크게 휘몰아쳤다.

거란에 고려의 위엄을 보이다

포병대장이 명령했다.

그리고 포수들을 지휘하는 반장들이 일제히 소리피면서 군령을 내렸다.

"발포!"

기병들이 달릴 때 일어나는 진동음과 비교할 수 없었다.

마치 하늘이 터지고 대지가 산산조각 나는 듯한 느낌이었다.

눈앞에서 벼락이 떨어지는 듯한 소리가 났다.

그리고 성루 기와가 사방으로 흩어졌다.

둔탁한 소리가 거란 장수들의 정신을 사방으로 뿌렸다.

쾅!

"으악!"

쾌쾅!

"우와악!"

"피해라!"

와장창! 하는 소리와 함께 기와가 떨어지면서 깨졌다.

우지끈! 하는 소리가 나면서 지붕을 받히던 대들보와 들
보가 깨져버렸다.

그리고 기둥이 끊어지면서 한쪽으로 기울어졌다.

쿵! 하는 소리와 함께 지붕이 기울어지면서 주저앉았다.

성루 아래에서도 꽝! 하는 소리가 일어났으니, 화포에서
발포 된 포탄이 성문과 성문 주위 성벽을 때렸다.

돌파편이 튀었고, 비록 목재로 만들어졌지만 튼튼하고
두껍게 만들어졌던 성문이 넝마가 되었다.

조각들이 성문 안쪽으로 비산하면서 파편을 맞은 군사들
이 비명을 질렀다.

"으악!"

"크헉!"

"커헉······!"

성루에서도 비명 소리가 일어났다.

쏟아지는 기와더미와 파편을 맞으면서 피 흘리는 자가
다수였다.

206

그리고 그들은 하나같이 일개 군을 이끄는 장수들이었다.

충격에 놀라서 바닥에 엎드리고선 살아남기를 바랐다.

계속해서 포격이 이어졌고 오성이 손을 들면서 중단을 지시했다.

"포격 중지!"

포병대장이 명령했다.

그러자 반장들이 이어서 포격 중지 명령을 내렸다.

포탄 장전을 벌이던 포수들의 행동이 일제히 멈췄다.

이미 포탄이 장전되어 있는 상태에서는 끼웠던 뇌관을 떼면서 행여 있을지 모를 오발을 막았다.

그리고 대기상태에서 명령을 기다렸다.

천지를 울리는 소리에 귀가 먹먹해졌고, 모든 소리를 지운 숨죽임이 이어지다가 바람 소리가 들렸다.

성루와 성문 안쪽에서 신음 소리가 울려 퍼졌다.

"으윽……."

"크윽……."

포격 받지 않은 주변 성벽 위 군사들의 눈이 잔뜩 커졌다.

성을 지키기 위해 동원된 주민들과 함께 온몸이 얼어붙었다.

"성문이 뚫려버렸어……."

"성루가 무너졌어⋯⋯."

"이게 고려 천자포의 위력인가⋯⋯?"

"놈들의 천자포가 너무나도 강해⋯⋯!"

"불씨도 없는데 어떻게 쏠 수 있는 거야⋯⋯?"

"비가 내려도 쏠 수 있다는 소문이 사실인 것 같아⋯⋯!"

"맙소사⋯⋯!"

믿기 힘든 시선으로 고려군의 포격을 보았다.

포탄을 그렇게 많이 쏘지도 않았다.

20여 발 정도의 포탄을 쏘았을 뿐이고, 몇 문의 화포가
세 네 발씩 쐈을 뿐이었다.

그랬음에도 포탄을 맞은 곳 주위가 아수라장이 됐다.

엎어진 이진충이 나무가시가 박힌 손으로 바닥을 짚었
다.

그리고 입술을 질끈 물면서 일어났으니, 그가 쓰러졌던
장수들에게 물었다.

"괘⋯ 괜찮은가?!"

그의 물음에 거란 장수들이 대답했다.

"괘⋯ 괜찮습니다⋯⋯!"

"손을 조금 다쳤지만, 무사합니다! 도독!"

쓰러졌던 장수들이 그리 치명상을 입지 않았다.

머리 위로 파편들이 떨어졌지만 무거운 것에 깔리거나
하지 않았다.

때문에 죽은 자들은 없었다.

성문이 깨지면서 중상을 입은 군관이나 병사들이 있었지만 지휘력을 잃을 정도는 아니었다.

힘들게 일어나서 성벽 난간 너머의 고려군을 봤다.

"놈들의 천자포를 어떻게······."

무슨 수로 견뎌야 할지 수가 보이지 않았다.

큰 화기를 끌고 온 만큼 작은 화기도 반드시 가지고 있을 것이라고 생각했다.

또한 온갖 무기로 무장한 개마무사들을 보면서 성의 군사들과 주민들이 감히 당해낼 수 있을까 했다.

뜨거운 기름을 붓거나 화공을 가하는 것도 미리 준비해야 가능한 일이었다.

어떤 전투를 벌이더라도 결코 고려군을 막을 수 없었다.

악을 쓰면서 버티더라도 온 군사와 주민들이 도륙될 수밖에 없었다.

그렇게 혼돈과 두려움에 휩싸여 있었다.

겁에 질린 이진충과 거란군의 모습을 오성이 살피며 천천히 말을 몰았다.

"대장군!"

연수가 오성을 불렀다.

그리고 오성이 말을 멈추지 않고 연수에게 말했다.

"이제 항복하라고 권해야지. 400보는 머니까."

"하오나, 위험합니다."

"그래서 너와 용호대와 함께 온 거야. 혹시라도 허튼 짓을 벌이는 놈이 있으면 아기살을 쏴."

오성의 명에 연수가 잠시 당황했다.

하지만 이내 정신을 차리면서 대원들에게 명령을 내렸다.

"대장군을 엄호해라!"

연수의 명에 상온과 대원들이 아기살을 뽑아 들었다.

저격조의 조장인 남생이 통아 끈을 손가락에 걸고 아기살을 시위에 장전했다.

성루에 서 있는 적장을 남생이 노려봤으니, 그가 주위 장수들과 군관들에게 명령을 내리는 것을 봤었다.

여차하면 적장의 목숨을 거두려고 했다.

'고려와 백성을 위해, 천군을 지킨다!'

나라와 백성을 위한 일이었다.

그리고 태왕실을 위한 일이었다.

천군을 지켜서 고려를 지키고자 했다.

그와 용호대 대원들의 행동을 거란 군사들이 지켜봤다.

"뭐야, 저놈들……."

"저 거리에서 화살을 장전 했어……."

"허세 아냐? 천자포면 몰라도, 그래도 화살로는……."

총으로도 쉽게 맞힐 수 없는 거리였다.

때문에 화살을 장전하는 고려군의 행동이 이해되지 않았다.

하지만 결코 이유 없이 벌이는 행동이 아닐 것이라고 여겼다.

불안감이 몹시 들고 있었고, 깨진 성문 앞으로 다가오는 두 사람을 보았다.

한 사람은 위풍당당하게 앞장서서 말을 몰았고, 다른 한 사람은 곁에서 그를 돕는 듯했다.

그가 가까이 다가왔을 때였다.

긴장하고 있던 궁수 하나가 화살을 장전해서 몸을 일으켰다.

"감히, 어디서……!"

쉬익! 퍽!

"커헉……!"

"……?!"

공기가 갈라지는 소리가 있은 직후에 시위를 장전했던 궁수가 단말마를 내면서 쓰러졌다.

그의 가슴에 구멍이 나 있었고, 폐부와 심장이 뜯겼는지 물이 쏟아지듯 피가 넘쳐흘러 나오고 있었다.

궁수를 절명 시킨 화살이 상처투성이인 기둥에 박혀서 주위 거란 군사들의 이목을 집중시켰다.

"맙소사……!"

"몸을 뚫은 것도 모자라서 기둥에까지 박힌 거야? 저 거리에서……?"

"크기도 작은 화살을 대체 어떻게…….."

멀리 보이는 고려 기병 중 한 사람이 시위를 놓았다.

용호대 대원 중 한 대원이 편전을 발사했다.

통아에서 튀어나간 아기살이 상공을 가로지르면서 바람을 찢어 놓았다.

그리고 천군을 위협하던 궁수의 흉부를 한 번에 꿰뚫었다.

자신의 대원이 공을 세우자 남생이 대원을 칭찬했다.

"잘했어."

"조장님께서 잘 가르쳐 주신 덕분입니다."

"장전해서 다른 놈도 없는지 봐."

"예. 조장님."

경계의 끈을 놓지 않고 계속 성벽 위를 주시했다.

수백 보를 뛰어넘어 화살이 날아들자, 그 사실을 목격한 거란 군사들이 완전히 얼어붙었다.

'여기까지 화살이 날아온다고……?'

상상 그 이상의 일이 벌어졌고, 또 어떤 일이 벌어질 줄 몰랐다.

그렇게 온 사지가 떨리는 가운데서 성문 앞으로 다가오던 자를 알아봤다.

키가 컸고 건장한 체격을 지닌 사내였다.

50보 거리에서 보아도 그가 충분히 강하다는 것을 알 수 있었다.

그러 자가 성루 아래에서 자신을 알렸다.

"나는 대고려국 우의정이자 서북원정군의 대장군인 권오성이다! 세상에서 나를 천군으로 칭하는 바! 태왕 폐하께서 윤허하신 군권과 외교권으로 송막 도독에게 투항을 권하러 왔다! 그러니, 헛되이 죽지 말며, 무기를 버리고 투항하라! 지금 항복하면 이제 죽을 자는 아무도 없을 것이다!"

"……?!"

"개죽음 당하지 말고 항복해라!"

천군의 알림을 곁에 선 자가 크게 소리쳤다.

목청이 좋고 거란 말을 할 수 있는 장수였다.

그의 통역과 외침을 듣고 성루에 있던 거란 장수들이 술렁였다.

"처… 천군이라고……?"

"정말 천군이야?!"

"부… 분명히 그렇게 들었어! 항복하면 우릴 살려준다고 말이야!"

"미… 믿을 수 있는 거야……?"

"세상에……!"

천군이 직접 군사들을 이끌고 영주 성으로 왔다.

그가 직접 사신이 되어 성문 50보 앞에 이르렀으니, 그의 기백과 작은 화살을 쏘아 날린 고려 기병들의 무력 탓에 성벽 위의 어떤 자들도 감히 맞설 수 없었다.

함부로 무기를 들었다가 심장이 꿰뚫린 궁수와 같은 운명이 될까 두려워했다.

그런 분위기 속에서 이진충이 흔들리는 눈동자로 봤다.

천군이 전한 투항 권고를 되짚었다.

또한 거부했을 때 어떤 일이 펼쳐지게 될지 머릿속으로 상상했다.

그를 믿을지 말지, 항복할지 말지를 가늠했다.

'전령이 출발한지 얼마 되지도 않았어. 북평에서 당의 지원군이 온다고 해도 며칠은 걸릴 것이다. 하지만 우리는 오늘 내로 끝장날 수 있다! 항복을 거부한다면 분명히 놈들이 우릴 쳐 죽일 것이다!'

이를 물면서 절망을 느꼈다.

수백 보 넘는 거리에서 화살을 쏘아 날릴 수 있는 궁기병들이 보였다.

그리고 성 주위를 도는 고려의 5천 기병과, 멀리 진형을 갖춘 상태에서 대기 중인 개마무사들을 보았다.

최강의 기병이라 할 수 있는 흑개마대가 보이지 않았다.

때문에 고려의 모든 전력이 짜내어진 것이 아니라는 것

을 알았다.

당나라를 제외하고 수십 만 대군을 동원할 수 있는 대국이었다.

그리고 동맹국들이 있었다.

하지만 그런 배경들을 뒤로하고서 당장 싸우면 죽음밖에 남지 않았다.

자신만 죽는 것이 아니라 휘하 군사들과 주민들이 죽을 수 있었다.

그렇게 가정을 떠올리고 있을 때 지난날에 보았었던 풍경이 떠올랐다.

"······."

불빛이 번쩍였고 천둥소리가 일어났다.

대지가 뒤집어 지면서 전사들과 당의 군사들이 비명을 질렀다.

숱한 목숨이 요동에서 졌었고, 여태 경험한 적 큰 공포와 마주한 적이 있었다.

그 순간을 그뿐 아니라 휘하 장수들마저도 떠올리고 있었다.

장수들이 어렵게 이진충을 불렀다.

"도독······."

"······."

전의를 상실한 얼굴이 이진충의 눈에 들어왔다.

모든 기운을 잃은 군관들의 얼굴이 보였고, 그들에게 싸워야 한다고 말 할 수 없었다.

어떤 희망도 없었고 오직 좌절밖에 없었다.

싸워 이겨서 쟁취할 수도 없었다.

선택의 여지가 없었기에 결론은 하나였다.

주먹 쥐었던 손을 풀고 난간 앞에 섰다.

자신을 천군이라 주장하는 자에게 물었다.

거란을 굴복시키다

어렵사리 앞으로 다가온 천순에게 물었다.

"항복하면 살려준다고?!"

"그렇다!"

"그것을 어떻게 믿나?! 무기를 버리고 항복했을 때 우릴 모두 죽일 수도 있다! 죽이지 않는다는 보증이 어디에 있나?!"

통역 군관을 통해서 이진충의 말이 전해졌다.

그 말을 들은 오성이 군관을 통해서 답변을 다시 전했다.

"우리가 지난날에 포로들을 어떻게 대했는지를 기억하라!"

"포로들을, 기억하라고……?"

"우린 무기를 버린 포로들을 단 한 번도 죽이지 않았다! 또한 싸움에서 벗어나 있는 궁핍한 자들을 먹여 살렸다! 그러니 너희들도 알 것이다! 땅과 하늘이 아는 우리의 지난 일을 기억하라!"

"……."

"속히 무기를 버리고 투항하라!"

군관이 오성의 권고를 전하면서 목소리를 높였다.

그 말을 들은 이진충이 인상을 굳혔다.

그리고 그동안 들려왔던 고려군에 대한 소문을 떠올렸다.

무기를 버리고 항복한 자들을 고려군이 죽였다는 이야기는 듣질 못했다.

영주를 오가는 상인을 통해서 들었고, 심지어 당나라 관리를 통해서도 이야기를 들었다.

군관이나 장수로 무고한 백성들을 죽이라고 지시했던 자가 사로잡혀서 처형된 적은 있었지만, 그 외 명을 따랐던 병사들이나 군기를 엄정히 유지했던 장수들이 죽었던 적은 없었다.

그 소문을 기억할 때, 이번엔 천군이 성루 위로 외쳤다.

"선택의 여지가 있어?!"

"……."

"항복을 거부하면 분명 대가를 치르게 될 거다! 우린 전에 당나라군과 함께 쳐들어왔던 네놈들을 기억해! 그리고 우리 백성들을 해친 죗값을 치르게 하지도 않았다! 단지 네놈들이 따랐던 대하아복고만 죽였을 뿐이야! 진랍 공격에 대한 보복으로!"

"······."

"네놈들의 죄가 사해질지 말지는 온전히 네놈들의 선택에 달려 있다! 그러니까 항복해! 그렇지 않으면 우리가 강제로 네놈들의 무기를 빼앗을 거다! 살려서든 죽여서든 말이지! 그리고 성주와 주변 놈들은 반드시 죽을 테니까, 그렇게 알아! 상태왕 폐하께서 친히 군사를 이끌고 오셨다!"

오성의 고성에 맞춰서 군관이 더 크게 목소리를 높였다.

그의 외침을 듣고 이진충의 눈이 다시 커졌다.

먼 곳에 서 있는 개마무사들과 그들 앞에 서 있는 자를 주목했다.

나부끼는 삼족오기 아래에 위엄 넘치는 자가 말 위에 앉아 있음을 알았다.

"고려 상태왕이면······."

"상왕입니다, 도독! 얼마 전에 딸에게 왕위를 물려줬다고 들었는데, 정말로 고려 상왕이면 친군을 위해서 왕위를 물려준 것 같습니다······!"

"······."

"놈이 우리에게 복수하려고 온 것 같습니다!"

군사들이 다시 크게 술렁였다.

"고려 상왕이라고……?!"

"말이 상왕이지, 사실상 왕이잖아?!"

"정말로 우릴 죽이려고 군사들을 끌고 왔어!"

"고려 상왕이 왔다면 10만 명이 넘는 대군도 몰려올 거야!"

"맙소사……!"

새삼스레 고보장에 대한 공포와 두려움을 느끼게 됐다.

그의 치세에 당군과 함께 고려를 침공했던 일을 기억하고 있었다.

혹은 변경을 어지럽히면서 약탈을 벌였으니, 모든 것이 자신들 혹은 선조들이 벌인 일이었다.

징벌을 가하기 위해서 고려 상태왕이 군을 이끌고 왔다고 생각했다.

때문에 더더욱 두려워했다.

"도독……!"

"……!"

"명령을……!"

차마 항복해야 된다는 말을 전하지 못했다.

하지만 이미 표정으로써 무엇을 원하는지 바라고 있었다.

'싸우면 안 되는데!'

'빌어먹을!'

'제발! 도독!'

장수들과 군관들의 간절한 마음이 전해졌다.

그들의 마음을 읽고 고려군과 성문 앞에 서 있는 천군을 봤다.

눈을 감고 생각하다가 크게 한숨을 내쉬고서 말했다.

"무기를 버린다… 성벽 위의 깃발을 내리고 백기를 올려라……."

"예! 도독!"

눈물을 머금은 결정이었다.

요동에서 숱한 식구와 친구들을 잃었다.

인과와 상관없이 고려에 대한 분노를 품었지만 어쩔 수 없었다.

맞서봐야 남은 식구들만 잃을 뿐이었다.

이진충의 명령이 떨어지자 군사들이 성벽 밖으로 무기를 던졌다.

그리고 당나라를 상징하는 깃발과 거란을 나타내는 깃발이 함께 내려졌다.

모든 무기가 버려진 후에 영주 성으로 긴장감이 감돌았다.

주민들이 성벽 위에 올라서 지켜봤다.

이진충이 걸어서 성문 밖으로 나왔다.

그리고 무릎을 꿇으려고 했다.

행위로 항복의 뜻을 전하려는 이진충의 행동을 막았다.

"꿇지 마."

"……?"

"네가 꿇는다고 해서 달라지는 것은 없으니까. 사과의 의미라면 내가 아니라, 내 뒤의 저 분께 용서를 구해. 그리고 우리 백성들에게도 말이야."

"……."

"나는 그저 항복하겠다는 말이 진짜인지 아닌지 확인할 거야."

군관이 오성의 이야기를 알려줬다.

그 말을 듣고 이진충의 마음이 무거워졌다.

말을 타고 서 있는 천군이라는 자의 위엄을 느꼈고, 그가 천천히 말을 몰면서 당당하게 영주 성으로 입성하는 모습을 지켜봤다.

따라 그가 지휘하는 군사들이 움직였다.

연수와 상온과 치혁, 남생이 대원들을 이끌면서 입성했고, 이어 고보장이 개마무사들을 이끌면서 움직였다.

그가 이진충에게 말했다.

"약속을 지키겠다. 그리고 짐이 태왕과 백성들을 대리하여 거란을 용서하겠다. 다시는 고려에 맞서지 마라. 함께 불의에 맞선다는 전제로서 말이다."

"예. 폐하……."

"그렇게만 해준다면 우리가 너희들을 흥하게 해 줄 것이다."

경고를 전함과 더불어 희망에 대한 기대를 심어주려고 했다.

물론 억지로 심어주는 희망을 바로 믿을 순 없었다.

그러나 후에 그 말이 실현되었을 때 더욱 고려를 믿고 따르도록 만들려고 했다.

그렇게 해서 백성들을 위하고자 했다.

고보장이 영주성에 입성하자 온 주민과 거란 군사들이 엎드리면서 예를 지켰다.

그리고 목숨을 지켜주기를 원했다.

끝내 임유관으로 향하는 전령이 도달하지 못했다.

고려군이 침공해왔다는 급보를 전하러 달리던 중에 매복해 있던 용호대의 공격을 받으면서 소식이 끊어졌다.

때문에 당나라에서 고려군의 움직임을 몰랐고 대응할 수도 없었다.

며칠이 지난 후에도 별다른 움직임이 없었다.

동쪽에서 달려온 전령이 영주성에 이르러 오성에게 보고를 올렸다.

보고를 받은 오성이 고보장에게 말했다.

"1군단이 오고 있습니다."

"언제 도착하나?"

"내일 정오쯤에 도착합니다."

"내일 정오쯤이라고?"

"밤새 달리면 새벽에 도착할 수 있습니다. 하지만 밤에 충분히 취침과 휴식을 이루고 올 것이기에 정오쯤에 올 것입니다. 때문에 오전에 출발하셔도 될 것입니다."

오성의 보고를 듣고 고보장이 고개를 끄덕였다.

그리고 영주 성 주민들의 풍경을 잠시 살폈다.

유목도 벌이지만 농사도 함께 짓는 주민들이었기에, 성 내 곡창에 양식을 모아뒀다.

때문에 그들에게 필요한 것은 따뜻한 옷이었고, 군이 끌고 온 수레에서 두툼한 솜으로 채워진 옷을 나눠줬다.

온 안에 백제에서 재배 된 목화솜들이 담겨 있었다.

"이 옷을… 정말로 저희들에게 나눠주신단 말씀입니까……?"

"그래."

"이렇게 따뜻한 옷을……."

자신들에게 솜옷을 주는 고려군의 행동을 주민들이 이해하지 못했다.

그런 주민들에게 고려 군관이 통역병의 힘을 빌려서 이야기 했다.

"앞으로 우리가 싸워야 할 이유가 없으니까. 용서의 증표로 우리가 먼저 주는 거야. 그러니까 오늘의 일을 반드시 기억해야 돼. 너희들이 오늘의 일을 잊고 다시 공격해 온다면, 그땐 정말로 끝장을 볼 거야. 그러니까 절대 배신하지 마."

주민들에게 경고를 전하면서 그들을 용서했다는 사실을 알려줬다.

용서의 증표라는 말에 옷을 받는 주민들의 마음이 결코 가볍지 않았다.

받은 옷이 자신들의 운명을 고려와 함께 묶어 놓을 것이라고 생각했다.

하지만 그 길이 결코 나쁜 길이 아니었다.

다시 고려 군관이 이야기 했다.

"이제 너희들이 잘되는 것이 우리에게도 좋은 일이야. 이웃이니까. 이제부터 친해지기 위해서 노력할 거니까, 너희들도 노력해. 싸잡아서 오랑캐라고 비하하는 놈들 편에 서지 말고 말이야. 그러면 무엇이든지 나눠줄 수 있어."

가슴에 묻어둔 분노감을 지우지 않았다.

하지만 분노를 이겨내는 이성으로써 주민들에게 말했다.

그의 진심이 똑바로 전해졌고, 통역으로 진심을 받은 주민들이 곰곰이 생각했다.

그리고 고려와 당나라를 비교하게 됐다.

"그래도 고려는 우릴 살려줬으니까……."

"솔직히 우리 식구들이 죽었지만, 당 황제가 전쟁을 일으키지만 않았어도 사이좋게 지낼 수 있었어… 요동에서 고려군이 우릴 상대로 싸운 것은 어쩔 수 없는 일이야. 자기네들 땅이니까."

"당나라가 우릴 공격했다면 이미 성안과 부락이 불바다였을 거야."

"모든 게 당나라 탓이야… 당나라만 없었다면 아무 문제도 없었을 거야."

"차라리, 후손들을 위해서 고려와 함께 하는 것이 나아!"

"맞아!"

대단한 일도 아니었다.

그저 겨울을 잘 견딜 수 있는 목화 솜옷을 받았을 뿐이었다.

영주 주민들의 마음이 당나라에서 떨어져서 고려로 향하고 있었다.

그렇게 미리 선정이 이뤄지고 있었다.

주민들에게 옷을 나눠주는 고려군의 모습을 오성에게 항복한 이진충이 바라보았다.

그리고 이진충과 거란 장수들의 모습을 오성과 고보장이

지켜보고 있었다.

목화에 관한 이야기와 역사적 사실을 오성이 알고 있었다.

문익점이 붓두껍에 목화씨를 숨겨서 가지고 왔다는 이야기는 너무나 잘 알려져 있었지만 허구였다.

실제로는 파직되어 고향으로 온 문익점이 할 일이 없어서 목화 재배를 벌였을 뿐이었다.

그러다가 백성을 위해서 재배법을 개량하고 세상에 널리 알렸었다.

온 백성이 따뜻한 솜옷을 입을 수 있게 되었고, 그 공으로 복직이 되어 다시 조정에 나선 것이 진실이었다.

문익점이 목화를 들여오기 전부터 목화는 이미 삼한 땅에 존재해 왔었다.

백제 남부 지역에서 목화가 재배됐었고, 천군이 그 사실을 알며 학자들을 모아서 고려 온 땅과 백성들에게 목화 재배법을 알려줬었다.

물과 많은 지력이 필요하다는 것을 알리고, 모피 없이 겨울을 잘 견딜 수 있도록 길을 열어주게 됐었다.

그리고 천군의 은혜가 거란 땅에도 이르렀다.

흐뭇한 시선으로 고보장이 보다가 오성에게 말했다.

"이제, 이들의 운명도 바뀌겠군."

"예, 폐하."

"허면, 이제 북쪽으로 향하면 되겠군. 철륵의 땅으로 말이다. 우리에게 가장 가까운 철륵 부족이 백습이었나?"

행선지를 물었고 오성이 북쪽 먼 하늘을 보면서 대답했다.

"첫 부족입니다. 이후로 수많은 부족들을 만나 뵙게 되실 겁니다. 솔직히 저도 잘 모르는 세상이 될 겁니다."

사료가 많지 않은 세계였다.

그리고 역사를 깊이 알지 못하면 더더욱 모를 세계였다.

당나라의 영향이 짙은 세상이었지만, 온전히 당나라를 따르지 않고 온갖 이해 속에서 펼쳐지는 세상이었다.

영원한 아군도 적도 없었다.

때문에 관념보다 합리가 먼저 세워질 수 있었다.

그런 자들의 세상으로 나아가고자 했고, 길 없는 산과 언덕, 평원, 광야가 수 천리 넘게 펼쳐져 있을 수 있었다.

길잡이가 매우 중요했다.

그때 예상하지 못한 인물이 나서게 됐다.

"소장이 백습으로 가는 길을 알려드리겠습니다."

"용호대장이?"

"전에 백습에 잠시 머무른 적이 있었습니다. 몇 년 동안 말입니다. 백습으로 향하는 길을 소장이 알고 있습니다."

연수가 백습으로 향하는 길을 알고 있었다.

그녀의 과거에 대해서 진지하게 물어본 적이 없었다.

행여 실수가 될까 봐, 그녀 스스로가 말할 때까지 기다려
왔었다.

그리고 그동안 말하지 않았었던 그녀에 대한 이야기를
들을 수 있을 것 같았다.

잠 못 이루는 밤을 보냈고, 다음 날 군사들과 함께 영주
에서 출전했다.

허리에 찬 검을 붙든 연수가 천군과 상태왕을 백습으로
이끌었다.

그녀가 철륵으로 향하는 길을 안내해주었다.

북방 교역로를 고려를 개척하는 동안 당나라가 큰 혼란
에 빠지고 있었다.

들불이 일어나다

장안에서 격문이 뿌려졌다.

고종이라는 시호를 얻은 선황제가 백성을 상대로 저질렀던 거짓이 밝혀졌다.

그리고 태후가 정적을 숙청하려고 군의 패전을 이용했으니, 그녀의 숙청에 백성들이 휘말리면서 온 나라에 피바람이 불었다.

그 사실이 격문에 써졌다.

고려를 오갔던 상인이 진짜 간자였고, 구족이 멸해진 죄인들이 모함을 받아 죽었다는 이야기가 퍼졌다.

이야기를 듣고 궁금히 여기는 백성들이 엄히 처단되지

않았다.

오직, 황실을 향한 험담을 늘여 놓는 자들의 삼족만 멸해졌다.

태후가 간자인 상인을 미리 잡지 못한 실책을 인정했고, 그러한 시인을 전국 관아에 방문으로 알렸다.

상인이 간자라 하더라도 처형당한 죄인의 무죄가 보증되는 것이 아님을 알렸다.

또한 고려의 계략이라는 사실을 밝혔다.

그러한 해명문에 의문을 품었던 백성들의 생각이 되돌아오고 있었다.

고려는 적국이었고, 중원에 세워진 당 황실과 조정을 얼마든지 음해할 수 있었다.

그런 어느 날 다시 격문이 뿌려졌다.

새벽에 전국 길바닥에, 낙양에서 그리 멀지 않은 정주에도 뿌려졌다.

아침에 일어나 집을 나온 백성들이 땅에 떨어진 격서를 주웠다.

"뭐야, 이건?"

"뭐라고 써져 있는 거지?"

대부분의 백성들은 글자를 몰라서 어리둥절했다.

자신의 이름 석 자나 알고 수를 나타내는 글자와 일상에서 쓰는 몇 가지 글자만 알 뿐이었다.

내용을 정교하게 파악할 수 있을 정도로 많은 글자를 아는 식자는 그리 많지 않았다.

하지만 온 거리에 뿌려져 있어서 적지 않은 식자들이 떨어진 종이를 들고 안에 써져 있는 글을 읽었다.

글을 읽다가 눈이 휘둥그레질 수밖에 없었다.

"이것은……!"

"이런……."

내용을 알아본 자들이 몹시 당황했다.

그리고 두려움을 느꼈다.

관자놀이에서 식은땀이 흘러내렸다.

등이 축축해졌다.

그들의 동무가 곁으로 와서 종이에 써져 있는 내용을 물었다.

"뭐라고 써져 있는 거야? 여기에?"

"……."

동무의 물음에 쉽게 대답할 수 없었다.

아니, 결코 알려져서는 안 됐다.

잘못하면 삼족이나 구족이 멸해질 수도 있었다.

지난날에 전국을 휩쓸었던 피바람이 다시 일어날 수 있었다.

하지만 어떤 이가 분노를 느끼면서 격문의 내용을 알렸으니, 그 소문은 뒷골목을 통해서 널리 퍼지게 됐다.

또한 길거리에 뿌려진 격문이 장안으로 보내어졌다.

무조가 격문을 받아서 안에 담긴 내용을 읽었다.

[고려 태왕은 백성에게 진실을 전한다.

진실을 전하는 태왕을 고려 백성들이 믿는다.

태왕과 백성 간의 신뢰에서 태왕의 위엄과 백성의 충성심이 나온다.

참 된 교육을 받은 백성은 진실과 거짓을 구분 지을 수 있는 지혜를 얻는다.

지혜를 얻은 백성은 진실을 의심하도록 만드는 감언이설에 속지 않는다.]

한 장이 아닌 두 장이었다.

[백성을 믿지 않기에 선황제가 거짓말을 했다.

신뢰가 없기에 위엄과 충성도 존재하지 않는다.

구할 수 없는 위엄을 천자를 칭해 하늘로부터 구했다.

하늘로부터 위엄을 구했지만 하늘이 위엄을 허락해 준 적 없다.

그저 위엄이 있다고 주장할 뿐이다.

거짓 위엄이 아닌, 진실로 진짜 위엄을 가져야 된다고 말하는 충신들을 태후가 숙청했다.

태후는 권력을 지키기 위해서 수단과 방법을 가리지 않으며 충신들을 모함했다.

백성을 속이기 위해 백성들을 교육하지 않는다.

백성이 아둔해야 거짓 위엄에 잘 속는다.

더 이상 백성들이 속도록 두지 않을 것이다.]

격문의 내용을 읽고 무조가 미간을 찌푸렸다.

손에 들고 있던 격문을 구기면서 주먹을 불끈 쥐었다.

그녀 앞에 유인궤가 무릎을 꿇은 상태로 앉아 있었다.

격문을 받기 이전에 그로부터 들었던 이야기가 있었고, 그 이야기에 대해서 무조가 목소리를 떨면서 물었다.

"이걸 금릉에서 난을 일으킨 자들이 뿌렸다고⋯⋯?"

"추정입니다."

"추정이라니? 그 무슨 해괴한 소리요?!"

"이미 온 성에 뿌려졌기 때문입니다. 하지만 금릉에서 난이 일어났기에, 난을 일으킨 자들이 뿌렸을 것으로써 예상하고, 금릉에서 가장 먼저 뿌려졌었다는 첩보가 있기에 추정하는 것입니다."

유인궤의 보고를 듣고 무조의 미간과 콧잔등이 꿈틀거렸다.

그녀의 여유로웠던 미소는 어디에도 없었다.

오직 분노와 경계로써 천하를 바라보며 다스리고 있었다.

그녀가 난을 일으킨 자들에 대해서 물었다.

"백성이 알아서 모여 난을 일으키지는 않았을 테고, 분명히 주동하여 거병한 무리들이 있을 텐데, 어떤 놈이 난을 일으켰는지 알고 있소?"

주동자에 대해서 물었고 대답을 들었다.

"장손무기라고 들었습니다."

"장손… 무기라고……?"

"금릉에서 난이 일어났을 때 그 자의 존재를 확인했습니다. 아무래도 고려에서 보낸 듯합니다."

"…….."

유인궤의 대답을 듣고 무조가 귀를 의심했다.

하지만 이내 머리로 이해하면서 크게 웃음을 일으켰다.

"크하하하! 하하! 하하하!"

마치 남자처럼 크게 소리 내어서 웃었다.

호탕하게 웃은 뒤 숨을 고르면서 진정했다.

그리고 말했다.

"고려가 애쓰다가 실수한 격이군! 지금 상황에서 장손무기를 보내다니! 그 자는 나를 치기 위해서 군의 비밀을 고려에 떠넘겼는데, 과연 백성들이 그 자를 따르겠소? 오히려 황상과 우리를 위해서 싸울 거요! 명백히 밝혀진 역적의 편을 과연 누가 감히 들겠소?"

화색 가득한 얼굴로 유인궤에게 말했다.

장손무기의 존재가 오히려 자신에게 민심을 안겨다 줄 것이라고 무조가 믿었다.

그리고 유인궤의 보고가 정말로 진짜이기를 바랐다.

그때 유인궤가 무거운 목소리로 무조에게 말했다.

"한 사람이 더 있습니다……."

무조가 물었다.

"저수량을 말인가? 하긴, 미리 도망쳐서 잡지를 못했었는데, 설마하니 장손무기와 손잡은 것은 아니겠지? 그러면 더더욱 역적으로 묶어서……."

얼굴을 어둡게 하면서 다시 유인궤가 대답했다.

"태위 어르신입니다."

"뭐… 뭐요……?"

"이적 어르신께서… 반군을 이끌고 계십니다……."

"……."

답변을 듣고 무조의 미간이 좁혀졌다.

다시 자신이 무엇을 들었는지 의심했다.

그리고 지난 기억을 되짚었다.

남만을 토벌하기 위해서 대군을 이끌었던 한 대신이 있었다.

그는 자신에게 단 한 번도 맞서지 않았었던 자였다.

또한 역적으로 몰린 적도 없었다.

그가 반군을 이끈다는 사실이 믿어지지 않았다.

"그 자가 금릉에 어째서 있는 거요?!"

벌떡 일어나면서 소리쳤다.

그녀의 눈이 잔뜩 커져 있었고 눈동자가 심히 흔들렸다.

민심이 자신에게 향할 수 있는 길이 차단되어 있었다.

금릉에서 온 백성이 들고 일어나면서 천둥소리가 났다.

밤하늘을 총성으로 가득 채우면서 거병했고 태수를 사로 잡았다.

사로잡힌 태수가 옥사에 갇혔으니, 그가 갇혀 있는 동안 깨닫지 못했던 진실을 알게 됐다.

금릉의 백성들이 죽었던 이유에 대해서 알게 됐다.

"그런 이유로 백성들이 죽다니……."

진실을 깨닫고 처참한 기분을 느꼈다.

감옥 안에서 주저앉은 태수를 내려다보면서 장손무기가 말했다.

"그것이 이 나라 유일의 위엄일세. 이 땅이 둥글기에 세 상 어디에서도 중심이라 말 할 수 없으니까 말일세. 진실 이 없으니 위엄이 없고, 위엄이 없으니 억지로 하늘을 끌 어다가 도구로 삼는 것일세."

장손무기의 말에 중년의 태수가 멍한 표정을 지었다.

그러다가 이를 갈면서 장손무기를 노려봤다.

온 세상이 인정하는 역적 중의 역적이었다.

"그런 말을 감히 당신이 말 할 수 있는 거요……?"

"……."

"말해 보시오…! 하늘에 맹세하고 오직 진실만 말해 보시오! 당신은 태후를 잡자고 이 나라의 속까지 판 자가 아니요?! 그런 자의 말을 내가 어찌 믿을 수 있겠소?!"

"……."

태수의 말에 장손무기가 침묵했다.

무엇을 말하더라도 군의 기밀을 고려에 넘긴 것은 사실이었다.

그리고 수십 만 군사들을 죽음으로 내 몬 것은 사실이었다.

수심 가득한 얼굴로 가만히 서서 욕을 듣는 가운데, 곁에서 일어나는 발걸음 소리에 그와 태수의 시선이 옮겨지게됐다.

옆으로 다가온 이가 태수에게 말했다.

"그렇다면 나는 어떠한가?"

"어르신……?"

"비록 패전을 거듭할 정도로 무능했지만 말이다."

"……."

"나는 단 한 번도 충성을 소홀히 바쳤던 적이 없다. 그런 내가 이곳에 와서 거병한 이유가 무엇이라고 생각하는가? 바로 이 나라가 세워졌을 때의 초심을 구하기 위함이다.

도탄에 빠진 백성들을 구하기 위한 초심을 말이다. 지금 백성들이 과연 평안한 상태라고 보는가?"

이적이 다가와서 태수에게 말했다.

그의 말을 듣고 이번에는 태수가 침묵하게 됐다.

비록 고려와 전투를 벌여서 패했지만 나라에 대한 충성심만큼은 의심할 수 없는 위인이었다.

때문에 반란을 일으킨 자들의 하는 말에 신빙성이 더해질 수밖에 없었다.

황실에서 백성들에게 거짓말을 했고, 거짓이 드러나는 것을 막기 위해 피바람을 일으켰다.

황후였던 태후가 부추겼고 황제가 명을 내리면서 백성들을 죽였다.

그것은 누가 보아도 불의였다.

때문에 마음이 심히 흔들릴 수밖에 없었다.

그런 태수에게 이적이 차분한 말로 이야기 했다.

"태수로서 민란이 일어난다면 당연히 진압해야겠지. 그렇게 하는 것이 태수로서의 일이다. 물론 아무 것도 몰랐다라는 전제가 따르지만 말이야. 어찌되었건 우리는 태수에게 책임을 묻지 않을 것이다. 하지만 이제 진실을 알았으니 어떻게 할지를 묻겠다."

"……."

"함께할 것인가? 아니면, 여전히 불의와 패악을 저지르는 황후 태후 편에 설 것인가? 어떤 선택을 하느냐에 따라서 운명을 정해줄 것이다."

이적의 물음에 태수가 곰곰이 생각했다.

그리고 되물었다.

"태후를 물리치면 나라는 유지됩니까? 아니면⋯⋯."

존대하면서 물었고 이내 대답을 들었다.

"백성의 뜻을 따를 것이다. 애초에 백성이 원해서 세워진 나라이기 때문에 말이다. 그러니까 황실을 존치 시키느냐 마느냐도 백성의 뜻으로써 이뤄진다. 그것이 우리의 초심이다."

굳건한 결단이자 의지였다.

그 의지가 금릉의 태수에게 전해졌다.

또한 천하에 전하는 결의였다.

마지막 고민이 이뤄졌다.

황군에 하늘이 맞서다

고민 끝에 금릉 태수가 이적에게 응답했다.

"만약, 백성을 위해서 싸운다면, 나 또한 백성을 위해서 어르신께 힘을 더 할 것입니다. 그저, 아무 것도 모르는 상태에서 희생당한 군사들만 불쌍할 따름입니다."

태수가 자신의 명을 따랐던 군사들에게 안타까운 마음을 드러냈다.

그의 말과 마음에 이적이 위로를 전했다.

"몰랐지만 마땅히 해야 할 일이었어. 그러니까 개죽음이 아니야. 우리가 진정 백성을 위한 나라를 세운다면 말이야. 어떠한 대의와 대업도 피의 역사 없이는 세워질 수 없어. 다툼과 희생이 나쁜 것이 아니라, 불의를 두고 보는 것이 나쁜 것이다."

그 말에 태수가 고개를 끄덕였다.

그리고 자리에서 일어났다.

감옥의 문이 열렸고 밖으로 나오면서 이적에게 예를 갖춰서 인사했다.

장손무기가 곁에서 지켜봤고 이적이 태수에게 지시를 내렸다.

"군권을 허락하겠다. 그러니, 무장해제 된 군사들을 이끌어. 함께 큰 나라를 세운다."

"예! 어르신!"

이적의 명을 태수가 따랐다.

그리고 감옥을 감시했던 군관을 따라 밖으로 나갔다.

태수가 나간 후에 장손무기가 수심 가득한 표정을 지었다.

그의 표정을 살피고 마음을 읽으면서 이적이 물었다.

"뭐 그리 불편하게 서 있는 거요?"

장손무기가 눈을 감으면서 한숨을 쉬었다.

"역적이라는 말이 틀리지 않았기 때문이오……."

"……."

"나 때문에 그 많은 대군과 영국공이……."

자신 때문에 수많은 생명이 요동에서 숨졌었다.

영국공이라는 작위를 가진 이적도 그때 목숨을 잃을 뻔했었다.

장손무기의 진심을 전해 듣고 이적이 어깨를 두드려주면서 말했다.

"묻겠소."

"물어보시오……."

"어제 내게 새롭게 나라가 세워지면 어떤 관직에도 나서지 않고 고향으로 돌아가서 여생을 보내겠다고 말했었는데, 그 약속을 반드시 지킬 거요?"

"반드시 지킬 것이오."

"그러면 지난 일은 의미가 없소. 설령 그 일이 진짜라 하더라도 공으로 과를 덮을 수 있으니까."

"……."

"흠 없는 사람은 어디에도 없소. 나 또한 마찬가지고 말이오. 그저, 더 많은 백성이 평안을 누릴 수 있기를 바랄 뿐이오. 모든 백성을 구할 수 있었다는 생각조차도 오만이오."

마음의 짐을 조금이나마 내려놓을 수 있도록 도와줬다.

혹은 나눠서 짊어지려고 했다.

역사를 이뤄가는 과정에서 피를 흘릴 수도 큰 죄를 지을 수 있었다.

하지만 무엇을 목표로 삼고 달려가느냐에 있었다.

이적의 위로를 듣고 장손무기가 고개를 떨어트렸다.

얼굴을 떨어트린 채 흐느끼면서 울다가 심기를 가다듬으면서 일전을 준비했다.

어쩌면 몇 년 남지 않았을 여생을 백성을 위해서 불태우려고 했다.

그렇게 의기를 일으켰다.

함께 옥사에서 나왔을 때 두 사람이 이적과 장손무기 앞에 섰다.

그중 한 사람은 저수량이었다.

"무슨 일인가? 무슨 일이기에 그리 다급한 모습으로 서 있는 것인가?"

장손무기가 저수량의 안색을 살피면서 물었다.

그리고 저수량이 함께 온 자를 보자, 그는 이적의 휘하에서 수군을 이끌었던 자였다.

고려 내원으로 진격했다가 패해 고려군에 사로잡혔었던 인물이었다.

고려에서 모든 것을 살핀 유인원이 거병한 반군에 합류해 있었다.

"전서구가 왔습니다."

"어떤 내용인가?"

"장안에서 황군이 출발했습니다."

"진압군인가?"

"예. 어르신."

"병력은 어떻게 되고 지휘장은 누구인가?"

진압군이 출발한 사실을 들었고 장손무기가 다시 묻자 유인원이 알려줬다.

"병력은 확실치 않지만 2만 이상입니다."

"2만 이상……."

"5만 명을 넘지 않는 대단치 않은 병력이지만 아마도 오는 동안에……."

"낙양과 정주에서 군사들을 모을 테지."

"화남에 이르면 아마도 10만 명 이상이 될 것입니다. 그리고 화기대도 있기에 전력이 만만치 않을 것입니다. 지휘장은 우림대장이고 그의 성정을 봤을 때 패하면 좋은 꼴을 보기가 힘들 겁니다. 그 자는 무고한 백성들을 죽이는 일에 주저하지 않은 인사입니다."

모든 대답을 듣고 장손무기가 고개를 끄덕였다.

그리고 인상을 굳혔다.

유인원에게 답변을 맡겼었던 저수량이 말했다.

"교주에 도와달라고 요청하시는 것이 낫지 않겠습니까? 스스로를 남월 족속이라 칭하면서 거병했는데 어차피 태후와 진압군을 상대로 싸워야 됩니다. 그러면 교주의 반군과 힘을 합쳐서……."

이적이 말했다.

"너무 멀어. 그리고 길도 험해."

"하지만 지원군이 필요합니다. 교주부의 도움을 받지 않는다면 고려에게라도 요청해야 됩니다. 그래야……."

저수량이 고려에 도움을 요청을 하자고 말했다.

그때 장손무기가 나서서 지원군 요청을 거부했다.

"아직은 때가 아닐세."

"예?"

"우리 힘으로 싸워 이겨보려 한 적이 없으니까 말일세. 싸워보기도 전에 고려에게 도와달라고 먼저 말하게 되면 어찌 되겠나?"

"그렇게 되면……."

"졸지에 우리가 고려의 간자로 인정될 수 있네. 그런 모양새를 만들면 결국 백성들이 태후 편에 서게 될 것이네. 당장 많은 피를 흘리더라도 그 길이 최선일 수 있네."

장손무기의 이야기를 듣고 저수량이 생각하다가 동감을 나타냈다.

하지만 지원군이 필요한 것은 사실이었다.

다시 지혜를 짜내면서 다른 의견을 냈다.

"북평에 지원군을 요청할 순 없는지요? 태후에게 당한 동지들은 좌무위장군에게도 동지입니다. 분명히 태후의 만행에 함께 분노할 수도……."

북평의 설례에게 도움을 청해야 된다고 생각했다.

그리고 이번에는 이적이 반대했다.

"우릴 도와주지 않을 거야."

"어째서 입니까?"

"북평에서 고려군을 막아야 하니까."

"예?"

"우리에게 고려는 함께 백성을 위하는 나라이지만, 설인귀에게 고려는 황실에 항거하는 오랑캐처럼 여겨질 거야. 그러니까 북평에서 움직이지 않을 거야."

"……."

이적으로부터 설례에 대한 이야기를 듣고 어안이 벙벙해졌다.

그런 저수량에게 다시 장손무기가 말했다.

"좌무위장군은 백성을 위하는 자가 아닐세. 그 자는 태종 폐하로부터 은혜를 입었으니까. 그러니 우리가 아닌 황실을 위해서 싸울 것이네."

태후와 백성, 어느 누구도 위하지 않는 자였다.

조정을 농락한 태후에게 반발할 것이 눈에 뻔했지만, 그렇다고 해서 황실의 권위가 무너지는 것을 지켜보는 인물이 아니었다.

그 사실을 장손무기가 알렸다.

그리고 더 이상 지원군을 바랄 수 없었다.

정도를 따르는 것만이 유일했다.

"일단 싸워 보자고. 할 만큼 해야 무엇을 하든지 명분이 생기는 거니까. 지금 상황에서는 어디에도 지원군을 요청할 수 없어."

이적이 결의를 세우면서 말했다.

그의 결단을 듣고 저수량이 심기를 굳건히 하면서 대답했다.

"예. 어르신."

혈기 넘치는 젊은 장수가 아니었다.

하나 같이 백발 가득한 노신들이었다.

하지만 백성을 위해서 일으킨 의기는 높았으니, 그 의기로 온 백성을 일깨우고자 했다.

황실과 태후의 거짓에 맞서고자 했다.

세 사람을 대신해서 유인원이 목소리를 높였다.

"무기를 드시오! 무기를 들어 불의에 맞서는 것이오! 피흘리지 않고 진실과 정의를 구할 수는 없으니, 어떤 희생을 치러서라도 우리의 소중한 것들을 지키는 것이오! 억울하게 죽은 우리 식구와 동무들의 한을 푸는 것이오!"

소리치는 유인원 앞에서 백성들이 무기를 들었다.

무기고에서 꺼낸 무기만 드는 것이 아닌, 고려에서 보낸 창검과 방패를 들고 튼튼한 찰갑을 입었다.

서로의 몸에 단검을 찔러보면서 갑옷의 튼튼함을 시험했다.

"뭔가 유연한데……."

"날카로운 것을 잘 막아. 창날뿐만이 아니라 화살까지 말이야."

"활 중에서 천하제일이 고려 활인데, 고려 활로 쏜 화살도 막는다고 들었어. 그러니까 황군이 쏘는 화살도 막아줄 거야."

온몸을 지켜주는 것은 아니었지만 상체를 지켜주는 것만으로도 든든했다.

갑옷을 입고 싸움에 자신감을 보였다.

그리고 고려군을 상징하는 무기를 받게 되면서 몹시 흥분했다.

상자에서 꺼낸 고려 소총을 이리 살피고 저리 살피면서 환하게 웃었다.

어깨 앞에 붙여보면서 방아쇠를 당겼다.

불을 붙이는 심지를 살피고 총구로 장전하는 구슬 같은 탄약을 보았다.

그리고 이미 소총으로 무장하고 있는 반군을 통해서 어떻게 소총을 운용하는지에 대해서 배웠다.

진압군이 오기까지 시간이 남아 있었다.

전투에 쓸 양을 넘어서서 훈련을 위해서도 충분한 탄약이 공급되었다.

소총으로 무장한 민병들이 유인원의 외침을 들으면서 훈

련을 받았다.

"포수 조준! 발포!"

탕! 타탕! 탕!

"재장전!"

추수가 이뤄지면서 양곡들이 비워진 넓은 농토였다.

농토 위에 선 수백 민병들이 소총을 발포하고 연기가 뿜어져 나오는 총구를 내려다 봤다.

그리고 느리지만 가르침을 받았었던 대로 총탄을 장전하기 시작했다.

종이포를 뜯어낸 탄약의 화약을 총구 안으로 쏟아 넣었다.

쇠구슬과 같은 탄환을 종이포로 감싸서 총구 속으로 밀어 넣었다.

장전 도중에 한 민병이 총탄을 땅에 떨어트렸다.

"어이쿠! 이런……!"

"긴장하지 말게!"

"아… 알겠네……!"

훈련이었지만 몹시 긴장하고 있었다.

때문에 그 뿐만 아니라 실수하는 민병들이 상당수 있었다.

소총을 쏘는 법을 알려주는 군관들이 언성을 높이려고 했지만 의미 없다는 것을 알았다.

그저, 다른 이가 가르쳐주지 않아도 알아서 총탄을 장전할 수 있는 것이 다행인 일이었다.

민병들이 알아서 총신 깊숙한 곳까지 총탄을 꽂을대로 밀어 넣고 있었다.

그 후에 어깨 앞에 붙여서 방아쇠에 검지를 걸었다.

불씨를 든 민병이 소총의 심지에 불을 붙여줬다.

그리고 다시 유인원이 소리쳤다.

"발포!"

천둥소리가 일어나면서 연무가 뿌려지게 됐다.

귀가 먹먹할 정도로 큰 소리였고, 소총을 쏜 민병들이 손으로 귀를 두드렸다.

그 모습을 이적과 장손무기가 나란히 서서 지켜보고 있었다.

장손무기가 앞으로 벌어지게 되는 싸움을 걱정했다.

"이 상태로 싸우면 필패하게 될 거요. 물론 예상했지만 말이오. 그래도 적을 상대로 버텨야 하지는 않겠소? 혹, 정해놓은 전장이라도 있소?"

미리 생각해 둔 곳이 있었다.

하지만 지휘력을 가진 이적의 판단이 더욱 중요했다.

장손무기의 물음에 이적이 대답했다.

"그나마 싸울 수 있는 곳이 하나 있소."

"어디를 말이오."

"합비요."

"합비……."

"그나마 합비에서 지형지물의 힘이라도 빌릴 수 있소. 그곳에서 하늘의 뜻이 어디에 있는지 보여줄 거요."

민병들을 훈련시키며 결전지를 정했다.

그곳에서 백성들이 운명을 정하는 것을 보여주려고 했다.

다시 백성들을 위한 나라를 세우고자 했다.

하늘을 위하는 나라를 세워서 대국인으로서의 명예를 되찾고자 했다.

설인귀가 주저하다

전령이 도착한 적은 없었다.

하지만 상인이나 관리들의 이동으로 들리는 소식이 있었다.

북평 밖에서 들리는 소식을 듣고 옥천이 급히 설례를 만났다.

그리고 그에게 임유관 밖에서 일어난 일을 알려줬다.

급보를 들은 설례가 자리에서 벌떡 일어서면서 물었다.

"지금 뭐라고 했어? 영주가 고려 놈들에게 떨어졌다고?"

"예. 장군."

"아니, 놈들이 전쟁을 준비했던 적이 없었잖아? 그런데 어떻게……!"

황당무계하다는 말투로 옥천에게 물었다.

그리고 옥천이 차분하게 설례에게 알려줬다.

"전쟁 준비 없이 바로 쳤습니다."

"그게 뭔, 개소리야? 준비 없이 어떻게 쳐?"

"미리 군사들이 준비되어 있었습니다."

"뭐?"

"기병으로만 송막의 영주를 기습해서 무너뜨렸다고 합니다. 소수의 고려군이 들어와서 전령이 지나는 길과 요서의 전초를 공격할 수 있고 말입니다."

"……."

"속말과 요동의 개마무사들이 함께 움직였다고 합니다. 그리고 고려에서 화포라고 부르는 천자포와 온갖 탄약을 수레에 싣고 함께 움직였다고 합니다. 기병들을 이끈 자가 고려 상왕과 우의정입니다."

"고보장과 권오성이라고……?"

"선봉을 맡아 북쪽 교역로를 개척하겠다고 목표를 세웠다고 합니다. 그래서 길목에 위치한 영주를 먼저 무너뜨린 것입니다. 영주를 무너뜨린 후에 요동의 고려군이 움직였습니다."

"얼마나?"

254

"수 만 명이 넘는 것으로 확인했습니다. 화기로만 무장한 군사들이 요하를 건너서 요서에 주둔하고 있습니다. 때문에 임유관에서도 놈들의 존재를 파악했습니다. 소장이 미리 방어태세를 갖추라고 미리 지시 했습니다. 그리고…….."

미처 보고를 다 듣기 전이었다.

더 들을 필요도 없었는지 자리에서 벌떡 일어선 설례가 뒤를 두리번거렸다.

그의 뒤쪽 걸게 위로 갑옷이 걸려 있었다.

그리고 옆에 방천화극이 세워져 있었으니, 설례가 걸게에 걸린 갑옷을 빼서 급히 착용하기 시작했다.

보고를 전한 옥천에게 자신이 들었던 것을 되물었다.

"정말로 고보장과 권오성이야?"

"예. 장군."

"그러면 두 놈 만큼은 잡아야지! 그래야 복수를 하고 대당국의 안위도 지켜내지! 기병만 영주로 향했다면 군사들의 수가 그리 많지 않을 거야! 요서로 진격해온 화기로 무장한 적이 몇 만이나 되더라도 피하기만 하면……!"

어려웠지만 그래도 기회라면 기회였다.

북평의 기병대로 하여금 영주를 친 고려군를 쫓으려고 했다.

자신의 무력을 최대한으로 발휘한다면 화기를 최대한 쓸

수 없는 고려 기병들을 상대로 싸워 이길 수 있다고 생각
했다.

북평에도 화기대가 있었고, 아예 싸우지 못할 상황이 아
니었다.

그렇게 출전을 준비하는 상관의 모습을 옥천이 보다가
이야기 했다.

"태위 어르신들께서 돌아오셨습니다."

"뭐?"

"조국공께서 말입니다."

"장손무기가 돌아왔다고……?"

"조국공 뿐만이 아니라 영국공께서도 돌아오셨습니다."

"……?!"

옥천의 보고에 극을 붙들고 출전하려던 설례가 멈췄다.

옥천이 말한 조국공과 영국공은 각각 장손무기와 이적이
었다.

그리고 그들은 고려에 있어야 했다.

한 사람은 나라를 배신한 역적이었고, 한 사람은 남만과
고려에게 패해 포로로 붙들린 이들이었다.

귀를 의심하면서 설례가 되물었다.

"돌아왔다니? 대당국에 말이야?"

"예. 장군."

"놈들이 대체 어디에……."

"금릉입니다."

"금릉……?"

"금릉에서 조정에 맞서서 난을 일으켰다고 합니다. 처음에는 장손무기가 와서 난을 일으켰다는 소식을 들었기에 고려가 일으킨 난인 줄로 알았습니다. 하지만 영국공께서 계실 줄은 전혀 생각하지 못했습니다."

"…… ."

"영국공께서는 누구보다 황실을 위해서 싸워주신 분이십니다. 설령 장군과 악연이라 할지라도 말입니다. 그 분의 충성심을 의심할 수 없습니다."

옥천의 이야기를 듣고 설례가 멈칫하면서 생각에 잠기게 됐다.

전에 황실과 태후를 비난하는 격문이 북평에서도 뿌려진 적이 있었다.

그리고 이내 조정에서 일서 상단의 단주가 간자라는 것을 인정하면서 고려의 계략이라는 것을 알린 적이 있었다.

고려가 민심을 획책하고 있었고 태후에게 큰 문제가 없을 것이라고 생각했다.

하지만 예상하지 못한 일이 발생해버렸다.

전혀 상상할 수 없는 그림이 그려지고 있었다.

이적이 금릉으로 돌아와서 반군을 이끌고 있었다.

그것으로 인해서 드는 생각이 있었다.

"설마, 태후마마께서 충신들을 역적으로 내몬 것인가……?"

설례의 물음에 옥천이 대답했다.

"그럴 가능성이 높습니다. 태후마마께서 황후 위에 오르실 때나, 선황제 폐하께서 권력을 허락하실 때 반대했었던 대신들이니까 말입니다."

"…….."

"대신들을 죄인으로 몰 수 있는 이유는 충분합니다."

학문은커녕 글조차 모르는 삶을 살아왔다.

때문에 정치에 대해서도 잘 몰랐다.

북평과 임유관을 지키는 장수가 되었지만, 백성을 다스리는 일은 자신보다 나은 옥천에게 일임하고 있었다.

그래도 사람과 사람 사이의 일이 어떻게 이뤄지는지 알고 있었다.

은혜를 받았으면 마땅히 해야 할 도리가 있었고, 누군가로부터 해를 입으면 반드시 그 자를 응징해서 벌하거나 사죄를 받는 것이 인지상정이었다.

그 다음에 그를 용서하든지 말든지였다.

죽은 죄인들은 하나같이 함께 나라를 위해 힘 써왔었던 동지들이었다.

그들을 기억하면서 설례가 결론을 내렸다.

"태후마마께서 일을 벌이셨군."

"그런 것 같습니다."

"감히, 황제 폐하의 신하들을 무참히 도륙하다니……!"

충신들만 죽은 것이 아니었다.

선황제의 신하들이 역적으로 몰리면서 함께 수많은 백성들도 목숨을 잃었다.

삼족을 뛰어넘는 구족은 그야말로 한 고을의 백성을 전부 죽이는 일이었다.

하천이 피로 물 들었고 온 백성이 곡소리를 일으켰었다.

지난날을 떠올리면서 이를 물었다.

태후에 대한 깊은 분노가 치솟고 있었다.

당장 대군을 이끌고 장안으로 진격하고 싶었다.

하지만 그럴 수 없었다.

"빌어먹을! 이러지도 저러지도 못하는구만!"

관문 너머에 고려군이 기다리고 있었다.

그리고 진압군이 된 황군이 금릉으로 진격하고 있었다.

그저 거병한 이적이 태후를 상대로 이겨주기를 원했다.

그 후에 안심하면서 출전할 수 있었다.

북평에 머무르면서 관전을 택할 수밖에 없었다.

장안에서 출전한 황군이 낙양을 지나 정주에 이르렀다.

그리고 허창을 지나 강동이라 불리는 곳으로 진격했으니, 지나는 고을과 성에서 백성들을 징집하면서 대군에 합류시켰다.

집에 있다 불려온 백성들이 무기를 들었다.

굳은 표정으로 줄 선 가운데 그들을 지휘하는 천호장이
목소리를 높였다.

"선두 부대를 따라간다! 앞으로!"

백장인 군관들이 소릴 높였다.

대충 줄을 맞춰서 걸었고 그 길이가 무려 100리에 이르
렀다.

무기를 들고 힘없이 걷는 백성들이 불만스런 표정으로
서로 이야기 했다.

"이렇게 싸우는 것이 맞아? 만약에 우리가 개죽음 당하
면……."

"입 닥치고 그냥 걸어."

"……."

"그렇다고 해서 안 싸울 수도 없잖아. 식구들 목숨이 걸
렸는데 말이야. 우리가 싸우지 않으면 역적으로 몰릴 거
야……."

저마다의 생각이 있었고 판단을 할 수 있었다.

하지만 백성들이 나타내지 못하는 생각은 이미 반군에게
많이 실려 있었다.

그저 집에 머무는 가족들이 인질이 되어서 가족을 지키
기 위해서라도 전장으로 향할 수밖에 없었다.

살아남을 수 있는 기회가 있을지 몰랐지만 주어진다면 반드시 도망치고자 했다.

그렇게 천천히 남동쪽으로 향했다.

평원이 드넓게 펼쳐져 있었다.

조그만 언덕 위에 올라도 100리 넘게 살필 수 있었다.

언덕 위에 오른 정찰병들이 깃발을 확인하고 빠르게 철수했다.

그리고 합비라 부르는 땅에 이르게 됐다.

10만 명이 넘는 대군이 평야 북동쪽 대지에 정렬해 있었다.

남동쪽에 복장이 통일되지 않는 3만 군사들이 줄지어 서 있었으니, 오직 5천 군사만이 제대로 된 갑옷을 입고 있었다.

그중 3천 명은 소총이라 불리는 화기를 손에 들고 있었다.

자신들을 제압하기 위해서 진격해 온 황군을 창검으로 무장한 백성들이 바라보고 있었다.

"이길 수 있을까……."

"이겨야 해."

"지게 된다면 우리 식구들도 죽을 거야……."

"그래서 더욱 이겨야 해. 이미 엎질러진 물이니까. 이미 우리는 태후에게 맞서는 군사들이야."

불안 속에서도 싸워야만 하는 이유를 붙들었다.

그것은 자식들을 위하는 이유였다.

싸워 이겨서 옳은 나라를 물려주고자 했다.

두려워하지만 용기를 가지는 백성들의 모습을 장손무기가 보았다.

또한 반군에 합류한 서봉과 유상, 칠선을 보았으니, 그들은 이엽을 감시했던 세 무사였다.

장수와 군관이 부족한 상태에서 그들이 유인원과 함께 크게 도울 것이라고 생각했다.

그리고 그들을 이적이 지휘하고 있었다.

말 위에 앉아서 이적과 함께 몰려온 적군을 살피고 있었다.

그가 조심스럽게 이적에게 물었다.

"계획대로 될 것 같소?"

장손무기의 물음에 이적이 힐끔 쳐다보고선 대답했다.

"계획대로 되지 않으면 어떻게 되겠소?"

"그건……."

"그러니까 반드시 계획대로 되어야 하오. 그렇게 될 가능성도 높고 말이오. 화기를 든 적의 정예군이 선봉에 설 것이오. 괜히 징집병들을 앞에 세웠다고 진형만 깨질 테니까 말이오. 징집병들이 가진 생각은 우리와 다르지 않을 거요."

적이 가진 약점을 이적이 알고 있었다.

그리고 그 약점을 적 또한 알 것이라고 생각했다.

화기를 보유한 진압군의 정예부대가 앞에 설 것이라고 판단하면서 모든 것을 준비했다.

결전을 앞둔 가운데, 부는 바람이 예사롭지 않았다.

10만 대군을 채우는 깃발이 시선을 어지럽게 하는 가운데, 진압군의 군관 한 명이 말을 타고 민병들이 서 있는 곳으로 달려왔다.

그리고 그가 안내를 받아 이적과 장손무기 앞에 섰으니, 최대한 엄한 모습을 보이려 하면서 항복을 권하게 됐다.

"폐하께서 은혜를 허락해주셨다. 항복하면 난에 가담했다 하더라도 백성들은 살려주겠다. 그러니, 항복하라!"

곽대봉이 보낸 사신이었다.

사신의 외침에 온 군사와 백성들이 이목을 집중시켰다.

싸우기 전에 항복한다면 목숨을 부지할 수 있었다.

그러나 어느 누구도 다행이라 여기지 않았다.

그 감정이 눈빛에 실려서 사신에게 보내졌다.

이적이 직접 사신에게 답변했다.

합비 전투

황군으로부터 달려온 사신을 무기를 든 백성들이 노려보
았다.

"저 자식은 뭐야?"

"뭐긴, 사신이지."

"설마 우리에게 항복하라는 것은 아니겠지."

"아마도 맞을 걸? 싸우기 전에 의례적으로 하는 거잖아.
항복하면 살려주겠다, 어쩌겠다 말하는 걸 거야. 하지만
하나도 안 믿어."

"항복이 아니라 이참에 갈아엎어야 돼!"

"망할 자식들!"

더 이상 두려워하지 않았다.

오히려 분노가 두려움을 뛰어넘고 있었다.

형제와 같았던 동무나 처제 혹은 절친했던 자들을 잃었으니, 거짓으로 그들을 죄인으로 내몰아 죽인 자들을 벌하고자 했다.

손에 무기가 들려 있었고 심지어 소총이라 불리는 화기도 들려 있었다.

비록 수가 많지 않았지만 나름 갑옷도 착용하고 있었다.

그리고 그 갑옷은 튼튼하기로 소문난 고려 갑옷이었다.

잘 싸울 줄은 몰라도 이끌어 줄 수 있는 군관과 장수들이 있었다.

믿고 따르며 싸우고자 했다.

또한 희생을 치러서라도 백성들을 위한 나라를 세우고자 했다.

그것이 자녀들과 후손들을 위한 일이었다.

민병이 된 백성들의 따가운 시선을 사신이 받았다.

지시를 받은 대로 와서 투항을 권고 했지만 마음이 몹시 불편했다.

반군들에게 죽을 것이라는 두려움이 아닌, 태후를 따라야만 하는 불편함이었다.

그런 사신에게 이적이 앞으로 나서면서 말을 걸었다.

"이봐."

"……?"

"낯이 익군. 날 알고 있지?"

이적이 사신에게 자신을 알고 있는지 물었다.

그의 물음에 사신으로 온 군관이 예의를 차리면서 대답했다.

"알고 있습니다……."

"날 안다면 내가 어떤 사람인지도 알겠군."

"……."

"왜 대답이 없는가? 인정하기가 싫은 건가? 나름 황제 폐하를 위해서 충성을 다 해 살아왔었다. 그런 내가 지금 조정에 반기를 들었다. 이유가 뭐라고 생각하나?"

"……."

"너도 그 이유를 알고 있지 않나?"

이적이 사신으로 온 군관에게 되물었다.

그의 물음에 군관이 입을 다문 채로 대답하지 못했다.

이미 많은 것을 알고 있었다.

그럼에도 어떠한 것도 바꿀 수 없었다.

식구를 살리기 위해서 싸워야 했고, 불의한 일을 벌이더라도 상관의 명령을 따라야 했다.

그런 군관의 어깨를 이적이 두드려줬다.

"네 마음을 잘 알지. 네겐 고향의 식구들이 더욱 소중하니까. 하지만 우리에게 소중한 것은 미래다. 더 이상 죄 없

266

는 백성을 죄인으로 만들지 않는 미래를 말이다. 그래서 우리는 끝까지 싸울 것이다."

어깨를 두드려준 손을 떼면서 말했다.

"너의 선택을 존중하겠다. 하지만 후과에 대한 책임은 마땅히 짊어져야 할 것이다. 그러니 돌아가서 우리가 항복하지 않을 것임을 알려라. 그리고 이 전쟁이 끝날 때까지 부디 살아 있길 바란다. 자네도 원하지 않는 전쟁이니까."

"……."

"만약에 살아남아서 백성들의 편에 서면 마땅히 받아줄 것이고 용서해 줄 것이다. 그러니 꼭 살아남아라."

이적이 군관에게 당부를 전했다.

돌아가면 적으로 싸워야 했고 서로의 목숨을 노려야 했다.

하지만 죽지 않기를 바라는 마음만큼은 진심이었다.

그의 진심을 느끼면서 머릴 숙이며 눈물을 흘렸다.

"어르신께서도 꼭 살아계셔 주십시오……."

예를 다하면서 인사했다.

그리고 돌아서서 말 위에 올랐으니 본대로 돌아가는 길을 쉽게 달리기가 힘들었다.

고삐 줄을 쥔 손이 너무나도 떨렸다.

하지만 줄을 튕기면서 말을 몰아 본대로 돌아가게 됐다.

돌아가는 사신을 이적이 지켜보다가 유인원에게 명령했다.

"전투 준비 명령을 내려라. 이제 곧 진압군이 몰려올 것이다. 준비한 대로 놈들을 상대한다."

유인원이 군사들에게 지시했다.

"전투 준비!"

그의 외침이 굴곡진 대지 위에서 울려 퍼졌다.

그리고 돌아간 사신이 대군을 이끄는 곽대봉에게 보고를 올렸다.

보고를 받은 곽대봉이 진을 친 반군을 노려보고 부장에게 명했다.

"폐하의 은혜를 어리석은 역적들이 알아보지 못했다. 따라서 전진해서 역적들을 소탕한다. 총병대가 선봉에 서고 징발 된 군사들은 뒤에서 따라간다. 포로는 없다. 모조리 죽여라."

"예! 장군!"

항복을 거부한 반군에게 큰 분노를 느꼈다.

그만큼 황제와 조정에게 굴복하지 않겠다는 뜻을 밝힌 셈이었다.

또한 자신과 태후에게 맞서겠다는 뜻을 밝혔다.

그 후과의 전례를 역사에 남기고자 했다.

황실과 태후에게 맞선 자들이 어떤 비참한 말로를 겪게 되는지 보여주고자 했다.

그렇게 해서 자신의 유능을 증명하려고 했고, 설령 백성

을 죽이더라도 대국으로서의 위엄을 지킬 것이라고 생각
했다.

곽대봉의 명을 받은 부장이 각 장수들에게 전진하라는
명을 내렸다.

"전군! 앞으로!"

"전진이다! 앞으로 향하라!"

천호장들이 목소리를 높였고 이어 백장인 군관들이 병사
들과 함께 움직였다.

전장에서 죽을지 모른다는 공포와 두려움이 징집병들의
얼굴에 새겨져 있었다.

그러나 화기를 든 군사들이 선봉에 서면서 앞장서서 걸
었다.

정예군이 먼저 반군을 상대할 예정이었다.

그리고 반군이 깨지면 징집병들과 함께 달릴 예정이었
다.

천천히 진군하면서 거리를 좁혔다.

50보 거리에 도달했을 때 서로의 얼굴을 알아볼 수 있었
고 제자리에 섰다.

"선두 정지!"

"멈춰라! 제자리에 서!"

척! 하는 소리가 크게 일어났다.

진압군 선봉을 맡은 황군 선봉대가 의도적으로 절도 있

게 전진하던 것을 멈췄다.

그 수가 무려 5천 명에 이르렀다.

그리고 고려 소총으로 무장한 민병이 3천 명이었다.

나머지는 창검과 활로 무장한 군사들이었고 화력전의 결과를 기다리고 있었다.

진압군의 후군이 따라붙고 있었다.

눈으로 보이는 군사들만 수 만 이상이었고, 그것을 본 민병들이 서로 이야기 하면서 위로했다.

"싸울 만하겠어."

"싸울 만하다고? 저렇게 많은데?"

"아니, 화기를 든 군사가 그리 많지 않잖아. 저 정도면 우리가 충분히 이길 수 있겠어. 어르신 계획대로 놈들이 선봉에 섰어."

화기로 무장한 진압군 부대가 선봉에 서야 했다.

그리고 그들은 소총으로 무장한 민병들이 상대하려고 했다.

비록 훈련도나 수에서 떨어지고 있었지만 나름의 계획이 있어서 목표를 달성하면 싸우러 이길 수 있다고 믿었다.

용기를 가지고 태후를 위해서 싸우려는 자들을 상대하려 했다.

그렇게 마음먹었을 때 진압군의 총병을 지휘하는 장수가 큰 소리로 명령을 내렸다.

"총탄 장전!"

"총탄을 장전하라!"

천호장들과 백장이 크게 소리쳤다.

그동안 실 장전 없이 훈련을 벌였지만 익숙한 것처럼 총탄을 장전하기 시작했다.

탄약을 감싼 종이포를 뜯어서 총구 안으로 화약을 붓고 총탄을 총구에 끼우고 꽂을대를 뽑았다.

그리고 꽂을대로 탄환을 총신 끝까지 밀어 넣으려고 했다.

그때 민병들을 지휘하는 화기대 장수들이 목소리를 높였다.

"포수 조준!"

"헉?! 뭐… 뭐야……?!"

"발포!"

타타탕! 타탕!

"커헉!"

"크학!"

"으악!"

갖은 비명소리가 울려 퍼졌다. 총탄을 장전하던 총병들이 총탄을 맞고 크게 신음을 일으켰다. 그리고 맞지 않은 총병들이 잠시 당황했다가 급하게 장전하면서 화약을 쏟고 탄환을 떨어트리기도 했다.

"이런! 젠장!"

욕을 뱉으면서 떨어진 탄환을 줍고 탄약을 다시 꺼냈다. 제대로 총탄을 장전하던 와중에 민병들의 총격이 끝났다. 그리고 그들을 지휘하는 지휘관의 외침이 크게 울려 퍼졌다.

"재장전!"

"빨리 장전해라!"

짧은 기간이었지만 훈련 받았었던 대로 총탄을 장전하기 시작했다.

"빌어먹을, 제발! 제발!"

다급한 마음으로 총탄을 장전하는 민병들의 손이 떨렸다.

그들도 먼저 총탄을 장전했던 총병대와 똑같은 모습을 보였다.

누군가 탄환을 떨어트리거나 화약을 땅에 쏟기도 했다.

그리고 그런 민병들을 향해서 이번에는 총병들이 총성을 일으켰다.

"포수 조준! 발포!"

타타탕! 타탕!

"크하악……!"

"커헉……!"

"억……!"

272

더욱 많은 신음소리가 일어났다.

먼저 희생을 치르는 바람에 비록 5천 명이 되지 않았지
만, 4천 정이 넘는 총들이 가진 화력과 3천 가량의 소총이
가진 화력이 같을 수 없었다.

한차례 휩쓰는 폭풍 같은 충격이 이뤄지고 나서 이번에
는 민병들이 다시 총탄을 장전하려고 했다.

'제발! 빨리……!'

마음이 더욱 다급해 졌다.

그리고 그때였다.

"사수! 발사!"

징집되어 후군으로 따라온 진압군 궁수들이 화살을 장전
해서 하늘에다 화살을 발사했다.

하늘로 솟구친 화살이 마치 옅은 먹구름으로 변하였다.

그것을 본 민병들이 눈을 키우면서 놀랐다.

"이런! 제기랄! 화살이잖아!"

"머리 숙여!"

쉬익! 쉭! 푸푹!

"큭……!"

"크악……!"

다시 신음과 비명이 크게 일어났고 몇 몇 민병들이 대열
에서 이탈하려고 했다. 그 모습을 본 세 무사가 민병들 사
이에서 소리쳤다.

"이탈하지 마라!"

"놈들의 화살은 우리 갑옷을 못 뚫는다!"

"다쳐도 치명상은 안 입는다! 계속 장전해!"

고려군이 자랑하는 찰갑을 입고 있었다. 때문에 화살이 위험하게 느껴졌지만 절대로 뚫리지 않았다. 물론 갑옷으로 보호되지 못하는 허벅지나 팔뚝을 맞아서 고통을 느끼는 민병이 있었지만, 적어도 갑옷이 관통되어 죽을 일은 없었다.

"갑옷이 막아낸다! 계속 장전해!"

"오오오!"

기백을 일으키면서 소총을 마저 장전했다. 그사이 각궁으로 무장한 민병 궁수들이 총병들을 노리고 화살을 쏟아부었다.

"사수! 발사!"

무더기로 쏘아진 화살이 화살비가 되었다. 그리고 화살을 맞은 총병들이 크게 비명을 질렀다.

합비에서 공방전을 벌이다

각궁으로 무장한 민병 궁수들이 화살을 쏘아 날렸다. 무더기로 발사된 화살이 총병들의 머리 위로 떨어지면서 그들의 투구와 갑옷을 꿰뚫어 버렸다.

"커흑……!"

"크악!"

"으윽……!"

황군의 갑옷은 고려의 찰갑보다 튼튼하지 않았다. 판갑이 뚫리면서 흉부에 구멍이 생긴 총병들이 쓰러졌다. 이어 남아 있던 총병들에게 민병들이 소총을 견착하며 방아쇠를 당겼다.

"발포하라!"

타타탕!

"우와악!"

더욱 많은 총병들이 쓰러졌다. 그리고 이번에는 민병들이 쓰러질 차례였다. 총탄을 장전하던 중에 총병들의 장전이 끝났다. 그들의 총구가 민병들에게 향하자, 소총을 장전하던 민병들이 하나둘씩 돌아섰다.

"이… 이러다가 죽겠어!"

"이봐!"

"여기 있다간 다 죽을 거야!"

"이런, 망할! 이보게!"

한두 명이 다섯 명이 되고 열 명이 되었다. 이내 대열이 깨지면서 모든 민병들이 놀랐다.

"뭐야?!"

"아군이 도망친다!"

"뭐라고?! 이런 제길!"

민병들을 지휘하는 세 무사가 외쳤다.

"위치를 지켜라!"

"대열이 무너지면 아군이 패한다!"

"물러서지 마라!"

무사들의 명령에도 민병들의 도주가 멈추지 않았다.

"튀어! 어서!"

도망치는 자들의 외침이 더욱 크게 울려 퍼졌고 총병들의 검지가 방아쇠 위에 놓였다. 그때 세 무사 중 한 사람이 두 사람에게 소리쳤다.

"지금일세! 후퇴 명령을 내리게!"

"알겠네!"

미리 짜여 있던 계획이 있었다. 그리고 처음부터 연기를 벌였다. 적의 공격을 받는 상황은 다급한 상황이었고, 그 마음을 숨기지 않으면서 최대한 버티다가 명을 내렸다. 군사들에게 세 무사가 일제히 명을 내렸다.

"후퇴! 후퇴! 전군 후퇴!"

"퇴각이다!"

"어서 후퇴해!"

명령이 떨어지기 무섭게 남아 있던 민병들이 돌아섰다.

"뛰어!"

"우와악!"

그들을 향해서 총병들이 마저 총을 발포했다. 그리고 총을 다시 장전하지 않았다. 총병들을 이끄는 장수가 칼을 뽑아 들었고, 전방을 가리키면서 크게 소리쳤다.

"놈들이 도망친다! 돌격!"

"와아아아!"

총 끝에 창날 같은 총검이 꽂혀 있었다. 때문에 고려 소총처럼 백병전을 벌일 수 있었다. 화기를 든 반군이 뒤로 도망치고 선봉의 총병들이 뒤쫓자 그것을 본 곽대봉이 부장에게 물었다.

"천자포는 준비되었나?"

"예! 장군!"

"그러면 놈들을 추격한다! 간사한 역적 놈들의 마지막 항전 의지마저도 지울 것이다! 살수들에게 돌격 명령을 내려라!"

"예!"

부장이 곽대봉의 명을 받들었다. 이어 북소리가 나면서 명령기가 높이 오르자, 나팔 소리를 듣고 징집병들을 지휘하는 장수들이 명을 내리게 됐다.

"역적들을 소탕한다! 전진하라!"

"앞으로!"

"돌격! 황제 폐하 만세!"

"와아아아아!"

승기를 잡았다고 생각했다. 징집병들이 뛰기 시작하면서 총병대를 뒤따랐다. 앞서 화기를 들고 뛰었던 총병대가 민병들을 뒤쫓았고, 소총을 든 민병들이 화살로 원호를 해 준 궁수들과 함께 뛰었다. 그리고 작은 언덕을 뛰어넘었다. 언덕 뒤편에 낮은 지대로 떨어지는 경사면이 있었다. 소총과 활을 든 민병들이 신속히 들어오면서 자리를 잡았다. 세 무사들이 민병들과 함께 돌아서면서 바닥에 엎드렸

278

다. 그리고 언덕을 넘어오는 진압군 총병들을 보았다. 불씨를 가지고 온 진압군 병사가 재빠르게 총병들을 도우려 했다. 그때 그들의 행동이 멈춰졌다.

"맙소사……!"

눈앞에 화기를 조준하고 있는 민병들이 보였다. 이미 모든 장전을 마치고 심지에 불을 붙인 상태에서 발포 명령을 기다리고 있었다. 2천에 달하는 민병 소총수들이 언덕을 넘어온 총병들을 조준하고 있었다. 그리고 그들과 함께 하는 유인원이 크게 소리쳤다.

"발포하라!"

타타탕! 타탕!

"크학!"

"아악……!"

얼어붙었던 총병들에게 무수한 총탄이 날아들었다. 근거리에서 총격을 받았기에 한 순간에 천 명 이상이 쓰러졌다. 그리고 총탄에 빗겨난 자들이 급히 화기를 장전하려 했다.

"탄환을 장전해! 어서!"

"빌어먹을!"

꺼낸 총탄의 종이포를 벗기고 총구 안으로 빠르게 넣기 시작했다.

화약이 제대로 들어갔는지 않았는지 확인할 겨를도 없었다.

정신없이 장전하면서 반군의 총알이 자신에게 날아들지 않기를 소원했다.

그리고 총격이 멈췄다.

먹먹해진 고막 너머에서 총탄을 장전하라는 반군의 목소리가 들렸다.

"장전해라!"

이번에는 다시 적에게 탄환을 박을 차례였다.

꽂을대로 총탄을 깊숙이 박고 격발기를 당기면서 총을 어깨 앞에 놓을 때였다.

그때 이미 장전을 마쳐둔 민병들을 보게 됐다.

"헉!"

"젠장할⋯⋯!"

세 무사가 민병들에게 소리쳤다.

"발포하라!"

타타탕! 타탕!

"크하악!"

후퇴했던 민병들이 마저 장전을 마쳤다. 매복한 민병들의 총격이 끝나자마자 벌떡 일어나서 황군을 조준하고 방아쇠를 당겼다.

총연이 언덕 아래를 가득 메우면서 앞을 가렸고, 부는 바람에 빠르게 흩어지자 세를 완전히 잃은 총병들의 모습이 드러났다.

곳곳이 시신들이었고 남은 총병들은 아예 겁에 질려 있었다.

화살을 장전하려던 진압군 궁수들에게 민병과 금릉군 궁수들이 쏘는 화살이 박혀들었다.

"커헉!"

"크윽……!"

검을 뽑은 유인원이 앞을 가리키면서 소리쳤다.

"돌격!"

"와아아아아!"

이번에는 민병들이 반격을 벌일 차례였다.

유인으로 선봉에 선 적의 정예군을 깨부숴 놓고 마지막 숨통을 끊어 놓으려 했다.

후군 양쪽에서 대기하고 있던 민병들도 창검을 들고서 뛰기 시작했다.

그리고 당황하면서 도망치지 못한 총병들의 가슴에 창끝을 내지르고 칼을 휘둘렀다.

오직 무기를 버리고 항복하는 자들만이 살아남을 수 있었다.

손에 무기를 쥐거나 도망치는 자들은 항전하는 자들로 간주했다.

진압군의 비명소리가 언덕 아래에서 울려 퍼졌다.

"으악!"

"커헉……!"

"허억……!"

등을 보이면서 도망치는 궁수에게 화살이 날아들었다.

유인책에 걸린 진압군의 선봉을 궤멸시키고 더욱 앞으로 진격하려 했다.

"언덕을 넘어서 진격하라! 앞으로!"

"돌격!"

"와아아아~!"

사기충천한 민병들이 소릴 질렀다.

싸우면서 숨이 가빠져 있었지만 스스로가 지쳤다는 것을 전혀 못 느낄 정도였다.

기세를 붙여서 죽은 총병들의 시신을 넘었다. 언덕 위를 넘으면서 급히 징집되었을 진압군의 후군을 공격하려 했다.

진압군의 수가 여전히 많았지만 싸워야 할 의지가 낮았기에 그 군세를 금방 와해시킬 수 있을 것이라고 생각했다.

그렇게 승리를 믿으면서 민병들이 언덕 위로 올랐다.

장손무기와 저수량이 이적과 금릉 태수와 함께 지켜보고 있었다.

금릉 태수가 환하게 웃으면서 세 사람에게 말했다.

"아군이 이겼습니다! 진압군의 화기대가 깨졌습니다!"

흥분 된 목소리로 승리를 눈앞에 두고 있다고 말했다.

그 말에 이적이 미간을 바짝 조였다.

이적의 표정을 장손무기가 살피면서 이상하게 여겼다.

"뭔가 문제라도 있소?"

그 말에 이적이 언덕에 시선을 고정시킨 상태에서 대답했다.

"수가 적소……."

"무슨 말이오?"

"총병들의 수가 말이오. 그래도 황도를 지키기 위해서 남은 총병대가 있는데, 내 예상보다 훨씬 적은 총병들이 언덕을 넘었소."

"그 말은……."

"황군은 천자포를 써보지도 않았소."

"……?!"

순간 온몸을 저릴 정도의 큰 소름이 일어났다.

누구보다 황군의 사정을 잘 아는 사람이었다.

특히 자신의 뒤를 이어서 태위에 올랐던 인물이었다. 이적의 대답을 듣고 장손무기의 눈동자가 요동쳤다.

"어… 어르신……."

함께 이야기를 들은 저수량도 큰 두려움을 느끼면서 언덕을 보게 됐다.

여전히 민병들이 진압군에게 진격하고 있었다. 그리고 멈췄다.

정신없이 진격했던 민병들이 일제히 멈춰 섰다.

"뭐… 뭐야, 이건……!"

"맙소사……!"

더욱 많은 총병들이 기다리고 있었다.

창검과 방패를 든 살수들이 앞에서 진을 치고 있었고, 그들 사이에 총을 든 총병들이 조준하면서 발포 명령을 기다리고 있었다.

바로 뒤에 활시위를 장전한 궁수들이 있었고, 비록 내구성이 형편없었지만 천자포까지 방렬되어 있었다.

그리고 포구는 언덕 앞의 민병들을 조준하고 있었다. 민병들의 눈이 잔뜩 커졌다.

그들의 눈 안에 불꽃을 일으키는 천자포들의 풍경이 새겨졌다.

포구에서 튀어나온 포탄이 크기를 키웠으니, 다시 사람들의 비명소리가 치솟게 됐다.

하늘이 피를 머금은 땅 위에서 무너지려 했다. 포연이 하늘을 메우고 유황 냄새가 천하를 물들였다.

〈다음 권에 계속〉

어울림 **B O O K S**
신인 작가 대모집!

어울림 출판사는 무한한 상상력과 뜨거운 열정을 가진 작가 여러분을 기다리고 있습니다.
창작에 대한 열의가 위대한 작품으로 꽃피울 수 있도록 저희 어울림 출판사가 여러분의 힘이 돼 드리겠습니다.

지금 도전하십시오!

모집 분야 : 판타지, 역사, 무협, 로맨스 등
모집 대상 : 아마추어, 인터넷 작가등 열정을 가진 모든 작가
모집 기한 : 수시 모집
작품 접수 방법 : 당사 네이버 카페 또는 이메일을 이용해 주십시오.

파일 형식은 제한이 없으나 원활한 원고 검토를 위해 '.HWP' 형식으로 보내주시고, 파일에 연락처도 함께 기재해주시면 됩니다.

채택된 작품은 정식 계약을 통해 출판물로 간행됩니다.
간행된 출판물은 당사의 유통망을 이용하여 전국 서점으로 배포됩니다.
※ 문의 사항은 **네이버 카페(http://cafe.naver.com/oulim0120)**를 이용하시기 바랍니다.

경기도 고양시 일산동구 장항동 43-55 성우사카르타워 801호
어울림 출판사 신인 작가 담당자 앞
전화 031) 919-0122 / **E-mail** 5ullim@daum.net

인류의 희망, 아만티움!

자원고갈에 직면한 인류에게 아만티움은 신이 내린 선물이었다.

그러나 이는 또 다른 비극을 불러왔으니……

과거라는 운명의 소용돌이에 던져진

3형제 백호, 청룡, 현무.

그들에게 주어진 운명에 순응하고

열도 침몰을 위한 보급 전쟁을 벌이는데……

두경 현대판타지 장편소설

우리는 열도 침몰을 원한다

어울림

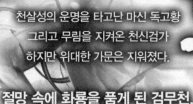

천살성의 운명을 타고난 마신 독고황
그리고 무림을 지켜온 천신검가
하지만 위대한 가문은 지워졌다.

절망 속에 화룡을 품게 된 검무천.
역경 속에서 북두칠성이 눈을 뜬다.

"돈만 내면 무슨 일이든 해결해드립니다."

붉은 머리카락을 휘날리는 용병 검무천.
무림에 다시 드리운 어둠과 맞서 싸운다.
그가 가는 길은 또 다른 전설이 된다.

화룡을 품은 아이

송세종 무협 장편소설

어울림
BOOKS

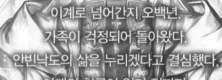

이계로 넘어간지 오백년.

가족이 걱정되어 돌아왔다.

안빈낙도의 삶을 누리겠다고 결심했다.

이계의 침공이 있기 전까지.

나는 확신했다.

이대론 안 돼. 가족들도 위험해져.

나는 나 자신을 숨기지 않았다.

하지만 나는 몰랐다.

이 모든 것이 별의 주인을 위한 과정이었음을.

별의 주인과 선의 마법사

어울림
BOOKS

등대빛 현대판타지 장편소설